書下ろし

死角捜査

遊軍刑事《デカ》・三《み》上《かみ》謙《けん》

南 英男

祥伝社文庫

目次

第一章　公安調査官の死

1

摘発の時刻が迫った。

間もなく着手することになるだろう。三上謙《みかみけん》は気持ちを引き締めた。覆面パトカーのスカイラインの助手席に坐っていた。

渋谷《しぶや》の円山町《まるやまちよう》の外れである。ラブホテル街だが、十年あまり前から若い世代向けの飲食店や衣料品店が目立つようになった。

六月上旬のある夜だ。

九時半過ぎだった。まだ梅雨《つゆ》入り前だが、大気はたっぷりと湿気を含んでいる。

三上は渋谷署生活安全課防犯係の一員だ。三十八歳で、職階は警部補だった。ストリップ劇場、売春クラブ、危険ドラッグの取り締まりを担《にな》っていた。要するに、風俗刑事だ。

斜め前の飲食店ビルの地下一階には、五カ月前まで『J』というクラブがあった。

クラブといっても、ホステスのいる酒場ではない。DJのいるダンスクラブだった。

名の知れたDJたちが日替りで出演していたこともあって、店は繁昌《はんじょう》していた。しかし、店内で錠剤型覚醒剤《ヤーバー》や大麻の密売が行なわれていたことで廃業に追い込まれてしまったのだ。

一カ月ほど経《た》ったころ、DJのひとりがクラブ経営者から店舗を又借りして、夜ごと有料の乱交パーティーを催《もよお》すようになった。生活安全課は違法ビジネスの噂を聞きつけ、地道に内偵捜査を重ねた。

その結果、ハプニング・パーティーと称する集《つど》いの目的が不特定多数による乱交だと明らかになった。新手《あらて》の売春ビジネスだった。

男性客は十二万円の料金を払えば、何人もの女性とセックスできる。店内に備《そな》えられているシャワールームで体を洗い、気に入ったセックスパートナーと行為に及ぶわけだ。次の相手と肌を貪《むさぼ》り合う前に、必ず体を清めるルールになっていた。スキンを装着することも義務づけられている。

男性客の多くは中小企業の社長、自由業者、商店主だった。プレイ代を値切らせようとする者はいなかったようだ。

乱交のパートナーを務《つと》める女性は、売れないタレント、大学生、ＯＬ、看護師、電話オペレーター、若い人妻とバラエティーに富んでいる。彼女たちの報酬の六万円は日払いだった。

アイマスクで目許《めもと》を隠しているからか、アブノーマルな性行為にはそれほど抵抗がないのだろう。ただ、拒否権がないことを不満に感じている者はいたにちがいない。

三上は、去年の九月まで警視庁捜査一課第二強行犯《きょうこうはん》捜査殺人犯捜査第四係の主任だった。敏腕刑事として、一目置かれていた。事実、犯人検挙率は課内でトップだった。警視総監賞をたびたび授与されていた。

順風満帆《じゅんぷうまんぱん》と思えた人生が狂いはじめたのは、去年の五月だった。三上は池袋《いけぶくろ》署に設置された中国人マッサージ嬢殺害事件の捜査本部に出張《でば》ったとき、上司だった担当管理官を跳《は》ね腰で投げ飛ばしてしまった。

その管理官は国家公務員総合職試験（旧Ｉ種）に合格した警察官僚《キャリア》で、実に尊大な性格だった。所轄署刑事を露骨に見下《みくだ》し、無能呼ばわりしていた。自分の部下たちの意見も無視した。もともと苦手な上司だった。

三上は、高慢な管理官を痛めつけたいという衝動を抑《おさ》えられなかった。損得を考える前に体が動いていた。

人間は五十歩百歩である。少しばかり知力や体力が平均よりも勝《まさ》っていても、常に謙虚であるべきだろう。思い上がることは愚かだし、己《おのれ》を知らなすぎるのではないか。何よりも見苦しい。

三上は冷静さを取り戻したとき、大人げないことをしたと少し悔《く》やんだ。だが、深く反省することはなかった。権力を握った者をのさばらせていたら、それこそ男が廃《すた》る。

およそ二十七万人の警察組織を牛耳《ぎゅうじ》っているのは、五百数十人のキャリアだ。有資格者たちに嫌われたら、出世の途《みち》は閉ざされる。そのことはわかっていたが、〝茶坊主〟にはなれなかった。

当然、ペナルティーは科せられるはずだ。人事異動で、三上は渋谷署生活安全課に飛ばされた。それも、平刑事に格下げだった。

三上は自尊心を傷つけられた。

だが、自棄《やけ》にはならなかった。刑事を天職と考えていたからだ。

三上は世田谷《せたがや》区内で生まれ育った。都内の有名大学を卒業した春、警視庁採用の一般警察官《ノンキャリア》になった。

一年間の交番勤務を経《へ》ただけで、神田《かんだ》署刑事課強行犯係に抜擢《ばってき》された。強盗犯と放火殺人犯をたてつづけに緊急逮捕したことが高く評価されたのだろう。

三上は漠然とではあったが、刑事には憧《あこが》れていた。制服が好きではなかったからかもしれない。喜ばしい異動だった。

その後、三上は三つの所轄署を渡り歩いた。本庁捜査一課に栄転になったのは、二十八歳のときだった。それ以降、一貫して殺人事件の捜査に携《たずさ》わってきた。

渋谷署に移って間もなく、三上は神谷良次《かみやりょうじ》署長に呼ばれた。

五十四歳の神谷はノンキャリアながら、以前は捜査一課の管理官を務めていた。一般警察官の出世頭である。

神谷は三上が風俗刑事で終わるのは惜《お》しいと切り出し、署長直属の遊軍刑事にならないかと打診してきた。

願ってもないことだった。三上は快諾《かいだく》した。そうした経緯があって、殺人事件の支援捜査を非公式にこなすようになったわけだ。

三上は、これまでに五件の殺人事件の真相を突きとめた。だが、表向きは彼の手柄になっていない。隠れ捜査の宿命だろう。

支援捜査のことは署長、副署長、刑事課長、生活安全課長の四人しか知らない。遊軍刑事になったからといって、俸給が増えたわけではなかった。

ただ、幾《いく》つか特典は与えられた。拳銃の常時携行は特別に認められている。専用の覆面パトカーも貸与された。プリウスだが、特別仕様車だ。警察無線はパネルで隠されている。

三上は男臭い顔立ちで、背が高い。

柔道と剣道はそれぞれ三段だ。射撃術は上級である。大学時代はボクシング部に所属していた。

三年生のとき、ウェルター級の学生チャンピオンに輝いた。得意の右フックは必殺パンチだった。ボクシング関係者から、熱心にプロ入りを勧《すす》められたほど破壊力があった。

三上は頑健そのものだが、生活安全課の同僚たちには喘息《ぜんそく》の持病があると偽《いつわ》っていた。支援捜査中は病欠する必要があった。そのための苦肉の策だった。三上は職場では〝弱っちい奴〟と陰口をたたかれていた。

「最近、あまり咳《せ》き込まなくなりましたね」

運転席で、池田春馬《いけだはるま》巡査長が言った。二十七歳だ。地味な印象を与えるが、性格は暗くない。同僚の中では、最も友好的だった。

「新しい鎮咳剤《ちんがいざい》は効き目があったようで、だいぶ楽になったんだ」

「それはよかったですね。話は違いますが、三上さんの武勇伝は耳に入ってますよ。自分、キャリアに刃向かった三上さんを尊敬してるんです。ですけど、見かけとは違って体があまり丈夫じゃないようなんで……」

「期待外れだったか。戦力にならないんで、おれはお荷物だと職場では思われてるんだろうな」

「そんなことはありません。職務に精出しても、風俗関係の犯罪が減ることはないんですから、のんびりやりましょうよ」

「そうだな」

三上は相槌《あいづち》を打った。池田が言った通りだった。

風俗絡《がら》みの犯罪を根絶《ねだ》やしにすることはできない。といって、野放しにしておいたら、風紀はさらに乱れるだろう。適度な取り締まりは必要なのかもしれない。

「有料で乱交パーティーを催してる元ＤＪの諸岡譲司《もろおかじようじ》、三十四歳を逮捕《パク》っても、どうせ誰かが似たような裏ビジネスをやるでしょう」

「だろうな」

「自分、強行犯係になりたかったんです。いつまでも風紀係をやらされるんだったら、いっそ転職しちゃおうかな。やり甲斐《がい》がないですもんね」

「そう物事をせっかちに考えないほうがいいな。人生はシナリオ通りにならないもんだが、オセロみたいに局面ががらりと変わることもある。腐らないほうがいい」

「いつか強行犯係になれますかね？」

「そう思って職務に励むんだな」

「ええ、そうします。三上さんは風俗係じゃ物足りないでしょ？」

「そうだが、デスクワークよりも性《しょう》に合ってる」

「本当に現場捜査がお好きなんですね」

池田が口を結んだ。

現場で指揮を執《と》っている宇崎《うざき》怜《さとし》は三十四歳で、仕事熱心だった。予定通りに手入れが進まなかったりすると、部下たちに当たり散らす。

年上の部下である三上を怒鳴《どな》ったことはないが、内面の感情が顔に出る。疎《うと》ましく感じている様子もうかがえた。ほかの同僚たちも月に一週間から十日ほど〝病欠〟している三上を戦力外捜査員と判断したようで、接し方が冷ややかだ。

池田の懐《ふところ》で携帯電話が着信音を発した。

発信者は宇崎だった。通話は短かった。

「着手のゴーサインです」

「わかった」

三上は先にスカイラインを降りた。すぐに池田が運転席を離れる。

早くも宇崎は二人の部下を伴《ともな》って、飲食店ビルの階段を下《くだ》りはじめていた。三上は池田に目配せし、飲食店ビルに向かって走りだした。池田が倣《なら》った。

階段を駆け降り、そのまま『J』の店内に踏み込む。店内照明は仄暗《ほのぐら》い。

「そのまま動くな！」

宇崎巡査部長が警察手帳を高く掲《かか》げ、大声を張り上げた。

ホールのあちこちにハードマットレスが敷かれ、九組のカップルが全裸で重なっていた。女性は全員、アイマスクを着用している。パートナーの股間に顔を埋めている五十代後半の男は全身を小さく震わせていた。捕まることをまったく予想していなかったにちがいない。うろたえ、困惑しているのだろう。

同僚たちが証拠写真を手早く撮《と》りはじめた。動画撮影もされた。客の男たちの多くがうなだれている。

それとは対照的に女たちは開き直ったらしく、ほとんど狼狽《ろうばい》していない。照れ笑いをする者さえいた。三上は、女性の強《したた》かさに圧倒されそうになった。

「一応、職務は果たしませんとね」

池田が呟《つぶや》いて、腰の手錠を引き抜いた。三上は突っ立ったままだった。積極的に動く気にはなれなかった。

「主催者の諸岡は、奥の事務室にいるんでしょう。早く身柄《ガラ》を押さえてくださいよ」

宇崎が三上を急《せ》かす。苛立《いらだ》たしげだった。

「地域課に応援要請はしたんだろ？」

「追っつけ到着するはずですっ。そんなことより、とにかく諸岡を検挙《アゲ》てほしいな」

「了解！」

三上はマットレスの間を縫《ぬ》って、奥の事務室に向かった。あたりには、腥《なまぐさ》い空気が漂っている。精液と愛液が入り混じった臭気だ。

後背位で女と結合していた五十四、五歳の男が両膝立ちのまま、三上に顔を向けてきた。避妊具を被せたペニスは萎《な》えている。まだ射精前だった。

「わたしが経営してる会社の顧問公認会計士は、渋谷署の署長と大学が同じなんだよ」

「だから？」

「間接的な知り合いになるわけだから、わたしのことは大目に見てもらいたいんだ。乱交パーティーに参加してたことを妻や会社の従業員に知られたら、みっともなくて生きていけないよ」

「だったら、死ぬんですね」

「本気で言ってるのか⁉」

「もう観念しなさいよ」

三上は冷然と言い、ふたたび歩《ほ》を進めた。

事務室のドアは施錠されていなかった。三上は勝手にドアを荒っぽく開けた。

長髪を後ろで束《たば》ねた細身の男がヘッドフォンを両耳に当て、何か音楽を聴《き》いている。後ろ向きだった。ソファに坐っていた。ドアが開いたことには気づいていない様子だ。

三上は大股でソファに近づき、乱暴にヘッドフォンを外した。洩《も》れてきたのは、いわゆるハウスミュージックだった。

男が弾《はじ》かれたようにソファから立ち上がった。

「いきなり何だよっ。あんた、誰なの？」

「渋谷署の生安課《せいあんか》の者だ」

「本当に刑事なのかよ？」

「こいつを見せろってか」

三上は薄く笑って、上着の内ポケットからＦＢＩ型の警察手帳を抓《つま》み出した。黒に見えるが、濃いチョコレート色だ。

「ちっ、本物《モノホン》か」

「諸岡だな？」

「そうだけど、おれはダミーなんだ。ハプニング・パーティーの真の主催者は、『J』のオーナーだった星川《ほしかわ》さんなんだよ」

「往生際が悪いな。内偵捜査で、そっちが乱交パーティーを開いてることは確認済みだ」

「そうなのか。そういうことなら、空とぼけても意味ないな」

諸岡がふてぶてしく言って、ソファに腰かけた。

「だいぶ儲《もう》けたんじゃないのか」

「必要経費を差っ引いたら、おれの懐に入ったのは五千万ぐらいだね」

「荒稼ぎじゃないか。アイマスクの女たちの弱みにつけ込んで、複数の男とセックスさせてたんじゃないだろうな？」

「そんなことはしてないよ。どの女も割り切って、いろんな男に抱かれてるんだ。ハプニング・パーティーの被害者はひとりもいないんだから、別に取り締まらなくてもいいんじゃないの？」

「個人的には、おれもそう思ってる」

三上は答えた。

「だったら、目をつぶってほしいな」

「そうしてやりたいとこだが、売春ビジネスは法律で禁じられてる。摘発しないわけにはいかないな」

「日本は遅れてるね。オランダやドイツには公娼がいる。昔の女郎屋みたいなことをしてるわけじゃないんだからさ、売春ビジネスは認めるべきだよ」

「そういうことは国会議員に言ってくれ」

「無駄だったか」

諸岡が自嘲した。

ちょうどそのとき、制服姿の地域課員が事務室に駆け込んできた。二十五、六歳だろう。

「この男が有料乱交パーティーを運営してた諸岡譲司だ。手錠《ワッパ》を打ってくれないか」

三上は指示した。相手がうなずき、諸岡に歩み寄った。ほどなく諸岡は前手錠を掛けられた。

三上は事務室を出た。

ホールには三人の地域課巡査がいるだけで、宇崎たちの姿は見当たらなかった。三上は巡査のひとりに声をかけた。

「生活安全課の連中《うち》は？」

「みなさん、ロッカールームに移られました。客と女たちに身繕《みづくろ》いさせてるんですよ」

「そう。検挙者がほぼ二十人いるから、大型人員輸送車を手配しなきゃならないな」

「マイクロバス型の中型人員輸送車二台が近くで待機中です。三上さんは、段取りをご存じではなかったんですか?」

「ああ。そういうことは誰からも聞いてない。おれは、まだ他所者《よそもの》と思われてるようだな」

「そうではないと思います」

「どういうことなんだい?」

「あなたは本庁《ホンブ》の花形だったんで、同僚の方たちは近寄りがたいんじゃないでしょうか」

「そうなんだろうか」

「多分、そうなんだと思います。あっ、すみません！　生意気なことを言ってしまいました。勘弁してください」

「きみが謝ることはないさ」

「ですが、職階が上の方に巡査のわたしが偉そうな口を利《き》いてしまったんです。お詫《わ》びすべきだと思います」

「きみは真面目なんだな」

「いけませんか？」

「そんなことはないよ。頑張ってくれ」

「はい」

　制服警官が敬礼した。三上はリアクションに困って、曖昧《あいまい》に笑い返しただけだった。

　それから数分後、ロッカールームから検挙された男女が続々と出てきた。客の男たちは誰もが背広姿だった。ネクタイを締めていないのは、たったのひとりだ。アイマスクを外した女たちは、揃って美人だった。

「三上さん、諸岡に手錠を打ってくれたんでしょ？」

　ロッカールームの前で、宇崎が訊《き》いた。

「地域課の若手に手錠を掛けさせたんだ」

「あなたにそうしてほしいと指示したはずだがな」

「そうなんだが、若い巡査に手錠《ワッパ》を打つ快感を味わわせてやりたかったんだ」

「桜田門《さくらだもん》にいた方は、所轄で雑魚《ざこ》なんか相手にしたくないってことなんでしょ！」

「そんなに傲慢《ごうまん》じゃないよ、おれは」

「やる気がないんだったら、休職して持病を治すことに専念してくださいよ。取り調べは、わたしと部下がやります。三上さんは先に帰宅されても結構です」

「そんなに感情的になることでもないと思うがね」

三上は言った。

宇崎は黙殺し、検挙した男女を一列に歩かせはじめた。三上は苦く笑って、肩を竦《すく》めた。

2

取り調べに時間をかける気はなかった。

三上は二人の男性検挙者に違法行為を認めさせると、早々に取調室3を出た。渋谷署の三階だ。取調室は生活安全課の刑事部屋に接している。同僚刑事たちは、まだ取り調べ中だった。

刑事部屋には、城戸正則《きどまさのり》課長しかいなかった。

「ご苦労さん！　もう取り調べは終わったのか。早いね」

「ええ。こっちに割り振られた検挙者は、わずか二人でしたんで」

「宇崎が割り振ったんだね？」

「そうです」

「あいつは、きみが本庁《ホンブ》から移ってきたんで、妙な対抗意識を持ってるんだよ。刑事は刑事だ。本庁も所轄もないいんだがな」

「そう思います」

「何かとやりにくいだろうが、堪《こら》えてくれないか。きみは、ただの風俗刑事じゃないんだから……」

「わかってますよ。宇崎巡査部長の神経を逆撫《さかな》でしないようにします」

三上は言った。

「きみが大人なんで、助かるよ。部下たちの人間関係がぎくしゃくしてたら、チームプレイはうまくいかなくなるからね」

「チームワークを乱さないよう心掛けます」

「頼むね。それにしても、警部補のきみを防犯係長にもしないなんてひどいな」

城戸の言葉には同情が込められていた。四十六歳だが、七、八歳は若く見える。童顔のせいだろう。職階は警部だった。

「キャリアの管理官を投げ飛ばしてしまったわけですから、報復人事は仕方ありませんよ」

「それにしても、仕返しが陰険《いんけん》すぎる。上の警察官僚たちの結びつきは強いんで、担当だった管理官を庇《かば》うようなことをしたんだろうね。キャリアや準キャリアは行政官としては優《すぐ》れてるんだろうが、市民の治安を守ってるのは現場の一般警察官《ノンキャリア》なんだ」

「課長の言う通りですね。警察の階級社会を見直さなければ、巨大組織の風通しはよくならないでしょう」

「そう思うよ。気骨のある警察官僚がまったくいないわけではないんだが、その数は多くない。大胆な改革は難しいだろうな」

「ええ」

「しかし、諦《あきら》めてしまったら、それで終わりだ。大多数を占める一般警察官《ノンキャリア》のわれわれが意識革命しなければ……」

「そうですね」

「なんか力《りき》んでしまったな。きみは先に帰ってもいいよ」

「みんなの取り調べが終わるまで、つき合います」

三上は城戸課長に言って、自分の席についた。紫煙《しえん》をくゆらせながら、取り調べをした者の書類送検手続きをする。

必要な書類を揃え終えたとき、課長席の警察電話が鳴った。城戸が反射的に受話器を取る。電話の主は神谷署長のようだ。自分に召集がかかったのかもしれない。城戸課長が電話を切った。

「署長から、こっちに指令が下《くだ》ったようですね？」

三上は先に口を開いた。

「そうなんだ。五月十四日の夜、渋谷署管内で殺人事件が発生して署内に捜査本部が設けられたよな？」

「ええ。被害者《ガイシャ》は、公安調査庁関東公安調査局の主任調査官だったと思いますが……」

「そう。新井創《あらいはじめ》、三十四歳だ。夜道を歩いてて、何者かにゴルフクラブで撲殺されたんだよ。第一期の一カ月では片がつきそうにないんで、署長はきみに支援捜査をしてほしいとおっしゃってた。刑事課長と一緒に待ってるそうだ」

「そうですか」

「部下たちには、例によって三上君はしばらく病欠することになったと言おう」

城戸が、にやりとした。

三上は椅子から立ち上がって、すぐに刑事部屋を出た。エレベーターで一階に下る。署長室は奥まった場所にある。

三上はあたりに人がいないことを確かめてから、署長室のドアをノックした。名乗ると、神谷署長の声で応答があった。

三上は署長室に足を踏み入れた。

三十畳ほどの広さだ。窓側に大きな執務机が置かれ、ほぼ中央に八人掛けのソファセットが据《す》えられている。ソファは総革張りで、重厚な造りだった。

署長はコーヒーテーブルを挟《はさ》んで、刑事課長の伏見晴敏《ふしみはるとし》警部と向かい合っていた。

伏見刑事課長は四十九歳だ。二十代のころから、ずっと強行犯捜査に関わってきた。色黒だった。よくインドネシア人やタイ人に間違われている。

「また、きみに働いてもらうよ。三上君、坐ってくれないか」

神谷警視正が言った。

三上は、伏見のかたわらに腰かけた。神谷署長がすぐ本題に入った。

「管内で公安調査官が殺害された事件《ヤマ》は知ってるな?」

「ええ。署に設置された捜査本部は、まだ容疑者を絞り込めてないようですね」

「そうなんだよ。渋谷署《うち》の強行犯係と本庁捜一の殺人犯捜査第四係が地取りと鑑取《かんど》りに励んでくれたんだが、捜査線上に重要参考人は浮かんでこなかったんだ」

「そうですか」

三上は短い返事をした。

公安調査庁は法務省の外局で、公共の安全を脅かす恐れのある団体に関する情報を収集して分析している。内閣情報調査室、警視庁公安部、警察庁警備局公安課とは協力関係にある機関だ。

昭和二十七年、破壊活動防止法に基づいて設置された。本部は霞《かすみ》が関《せき》にあり、各地に支部局を置いている。職員は約千六百人だ。公安調査官に捜査権はなく、武器の携行も認められていない。

「事件現場は東《ひがし》二丁目の宝泉寺《ほうせんじ》の裏道なんだが、あのあたりは夜間は人通りが少ないんだよ。宝泉寺の隅は氷川《ひかわ》神社だしね」

「ええ。新井創は職務中で、過激派セクト、極右団体、カルト教団のいずれかに属する団体のメンバーを尾行中だったんですか？」

「それが不明らしいんだよ。公安調査庁は二十年前に無差別テロで社会を震撼《しんかん》させたカルト教団の分派の信徒たちの動きをいまも探《さぐ》ってるんだが、被害者も内偵を担《にな》ってたんだ。私用で暗い夜道を歩いてたとも考えられるが、現場付近に新井の親類宅、友人の家、知人宅はなかったんだよ」

「凶器のゴルフクラブは報道によると、犯行現場に遺留《いりゅう》されてたはずですが……」

「ああ、血みどろのアイアンクラブは遺《のこ》されてたんだ。しかし、凶器からは犯人《ホシ》の指掌《ししょう》紋《もん》は出なかった。汗、脂《あぶら》、唾液《だえき》の類《たぐい》も検出されなかったんで、ＤＮＡ型鑑定もできなかったんだ」

「足跡《ソク》はどうだったんです？」

「犯人のものと思われる靴痕がくっきりと遺されてたんだが、三万足以上も量産された平凡な紐靴《ひもぐつ》なんで……」

「靴から加害者を割り出すことは困難でしょうね」

「そうなんだよ。靴のサイズは二十六センチとわかってるんだが、それだけの手がかりでは犯人捜しは無理だ」

「ええ、そうですね。犯人は返り血を浴びてると考えられますが、路面に血痕は点々と散ってたんでしょうか？」

「被害者は頭や耳から多量の血を流して死んでた。その周《まわ》りには割に大きな血溜《だ》まりができてたんだが、血の雫《しずく》は路面に落ちてなかったんだよ」

「おそらく加害者は犯行時に返り血を浴びることを想定してたんで、着衣の上にポケッタブルのレインコートを羽織《はお》ってたんでしょう。それを血溜まりの中で脱いで、予《あらかじ》め用意しておいたポリ袋の中に……」

「血で汚れたレインコートを入れ、さらに靴底の血糊《ちのり》を拭《ぬぐ》った後、現場から逃走したんだろうな」

「そうだったと考えられますね。人通りの少ない裏通りなら、防犯カメラは設置されてなかったんでしょ？」

「そうなんだ。広い通りの商業ビルには防犯カメラが設けられてたんだが、借り受けた録画には犯人らしき人物は映ってなかった」

　署長が溜息をついた。

「加害者は土地鑑があって、犯行現場は通行人が少ないことを知ってたのかもしれません」

「それから、防犯カメラが一台も設置されてないこともね」

　沈黙を守っていた伏見が口を開いた。

「そうでしょうね。しかし、撲殺事件の多くは衝動的な事柄《ことがら》が引き金になってます。その分、手口に計画性はありません」

「そうだね。しかし、本事案《ほんじあん》の加害者は冷静に目的を果たしてるようだ。もしかしたら、犯罪のプロの犯行《ヤマ》かもしれないぞ。な、三上君？」

「そうだとしたら、新井を生かしておいては都合が悪いと考えてた人間が依頼人なんでしょう」

「被害者は、キリスト教系カルト教団『聖十字教《せいじゅうじきょう》』の残党たちの動きを数年前から探ってたんだよ」

「そうなんですか」

三上はコーヒーテーブルの一点を見つめた。

『聖十字教』は、二十一年前に結成された過激なカルト教団だった。教団主の衣笠満《きぬがさみつる》はキリスト教にチベット密教や日本の神道《しんとう》を加味して奇妙な教えを説《と》いた。

教典は矛盾《むじゅん》だらけだったが、社会学者崩れの衣笠にはカリスマ性があった。人類の平和を阻《はば》むものはすべて排除すべきだと力説し、若い信徒たちを瞬《また》く間に増やした。

教団の本部は港《みなと》区内にあったが、御殿場《ごてんば》に巨大な修行場を設《もう》けた。信者たちに私財を教団に寄附させ、さらに血縁者たちにもカンパをせがんだ。

その一方、衣笠は教団幹部たちに資産家の子女を次々に誘拐させて巨額の身代金をせしめた。人質に取られた男女は報復を恐れて、誰も被害届を出さなかった。

それに味をしめた衣笠は武闘派チームを結成し、企業舎弟の裏金や金満家たちの隠し金を強奪させた。日本中央競馬会、有名デパート、家電量販店の売上金も奪取《だっしゅ》した。

そうした汚れた金で教団施設を全国に三十数カ所も建設し、信徒を増やしたのである。

衣笠は次に国家を私物化している大物政治家や官僚を暗殺させ、財界人や闇社会の首領《ドン》たちも亡《な》き者にさせた。

冷静に考えれば、衣笠が幹部信者たちにやらせていることは単なる犯罪にすぎない。しかし、信徒たちは教祖のアナーキーな行動は全人類を救済するための〝善行〟と受け止めた。

衣笠のもっともらしい説法に騙《だま》される者は後を絶たなかった。信者数は一万人近くに膨《ふく》れ上がった。

しかし、教団は脆《もろ》かった。熱心な信者になってしまった息子や娘を家に連れ帰ろうとした家族十七人を衣笠は武闘派グループに殺害させ、亡骸《なきがら》を施設の庭で焼却してしまったのだ。そのことは内部告発によって、呆気《あっけ》なく発覚してしまった。

殺人の実行犯の幹部信者六人は殺人容疑で捕まり、教祖の衣笠も殺人教唆《きょうさ》容疑で手錠を打たれた。いまから二十年前のことである。

衣笠と幹部六人が起訴された時点で、『聖十字教』は解散に追い込まれた。だが、教主に帰依《きえ》していた信者たちはだいぶ経《た》ってから分派を立ち上げ、いまも布教活動をつづけている。

現在、六十二歳になった衣笠満と六人の弟子たちは死刑囚として東京拘置所に収監されている。

弟子たちが代わる代わるに再審請求しているせいで、誰も死刑は執行されていない。証人となる者を死なせるわけにはいかないからだ。

「『聖十字教』から派生した『福音救済会《ふくいんきゅうさいかい》』の信者が新井公安調査官を始末した疑いがあるんで、捜査本部はとことん調べてみたんだよ。しかし、怪しい人物はいなかった」

「伏見課長、『福音救済会』で派閥闘争があって数百人の信徒が集団脱退し、新たな分派が生まれたんでしょう?」

「そう。衣笠の側近のひとりだった奥寺健人《おくでらけんと》、四十三歳が同調者と八年前に『希望《きぼう》の灯《ひ》』を結成したんだ。『福音救済会』の湯浅渉《ゆあさわたる》も衣笠の側近のひとりだったんだが、奥寺よりも一つ年下なんだよ」

「奥寺にしてみれば、自分よりも年下の湯浅が『福音救済会』の共同代表に就いたことが面白くなかったのかもしれませんね」

「そういうこともあったんだろうが、奥寺は教祖と幹部たちが死刑判決を下《くだ》される前後から、『聖十字教』のあり方に問題があったかもしれないとマスコミの取材で語るようになったんだよ。いまも衣笠満に帰依してる湯浅は、奥寺のコメントに激怒したらしい」

「そのことは記憶にあります」

「それ以前から、二人の元側近には確執《かくしつ》があったんだろうな。そんなことで、奥寺は新たに分派を作る気になったんじゃないかね」

伏見が言った。

「そうなんでしょう。報道によると、『福音救済会』の信者数は約七千人らしいですね」

「いや、いまは九千人を超えてる。在家信者が二、三千人いるようだから、衣笠の教えを信奉してる者は一万人以上いるようだ」

「いったん洗脳されると、なかなか目を覚ませないんだろうな」

「そうなんだろう。『福音救済会』から枝分かれした『希望の灯』は千五、六百人しか信者がいないが、在家信者が案外多いのかもしれないぞ。代表の奥寺健人はイケメンだし、名門私大出の工学博士だから……」

「女性信者が集まりそうですね。それはそうと、捜査資料を見せていただけますか」

三上は頼んだ。

伏見刑事課長が黙ってうなずき、卓上の黒いファイルを引き寄せた。

三上はファイルを受け取ると、まず鑑識写真の束を手に取った。それは、表紙とフロントページの間に挟んであった。二十数葉《すうよう》だった。

三上は、遺体をさまざまなアングルから撮影したカラー写真をじっくりと観《み》た。被害者の頭蓋骨《ずがいこつ》は大きく陥没《かんぼつ》している。顔面もひどかった。額と頬骨が砕《くだ》け、鼻柱も潰《つぶ》れている。唇は切れ、前歯はあらかた消えていた。

右の側頭部には血糊《ちのり》がこびりついている。首の骨が折れているらしく、左に傾いていた。

「被害者は背後からアイアンクラブで何度か強打され、倒れた後に顔面をぶっ叩かれたんだろうね。そこまでやることはないのに……」

神谷署長が三上を見ながら、そう言った。

「そうですね。執拗《しつよう》にぶっ叩いてるから、犯行動機は怨恨《えんこん》の線も考えられるな」

「そうなんだが、これまでの捜査で被害者が友人や知人と何かで揉《も》めてたという事実はなかったんだ」

「新井創は独身だったんですか？」

「そう。恋人がいても不思議じゃないんだが、交際中の女性はいなかった。職場の同僚や被害者の母親もそう言ってたから、その通りなんだろう。といっても、ゲイではなかったそうだよ。仕事が忙しくて、彼女を見つける暇がなかったんだろうな」

「そうなのかもしれませんね」

三上は鑑識写真に目を通すと、事件調書を読みはじめた。

一一〇番通報したのは、現場を通りかかった二十六歳のサラリーマンだった。残業を片づけてＪＲ渋谷駅に向かう途中、路上に倒れている被害者を発見した。大声で呼びかけてみたが、すでに息絶えていた。発見者は自分のスマートフォンで事件を通報した。

遺体はいったん渋谷署に安置され、翌日の午前中に東大の法医学教室で司法解剖された。死因は出血性ショックだった。

死亡推定日時は五月十四日午後十一時から翌十五日の午前一時の間とされた。初動捜査では有力な手がかりは得られなかった。渋谷署の要請で、警視庁は捜査本部を設置した。

捜査本部は『聖十字教』の二つの分派を重点的に調べた。だが、疑わしい人物はいなかった。

「捜査に何か抜けがあったのかもしれないぞ。被害者の上司だった若菜《わかな》憲之《のりゆき》局長、四十七歳に会ってみてくれないか。うまくしたら、新情報を得られるかもしれないからな」

神谷が言った。

「わかりました」

「専用の覆面《メン》パトは今夜から自由に使ってくれ」

「はい、そうさせてもらいます。プリウスで駒沢《こまざわ》の塒《ねぐら》に帰ります」

三上は賃貸マンション暮らしで、マイカーは所有していない。

だが、署長直属の遊軍刑事になったときに一台分の駐車スペースを確保してあった。その賃料は三上が立て替えているが、ちゃんと官費で賄《まかな》われている。

「明日から事件が解決するまで出署する必要はない。ただ、捜査の経過報告は伏見刑事課長かわたしにしてくれないか。よろしく頼むよ」

神谷が言って、伏見に目配せした。伏見が上着の内ポケットから厚みのある茶封筒を摑《つか》み出す。

「当座の捜査費として百万渡しておく。領収証はいらないからね。拳銃保管庫でシグ・ザウエルＰ230と予備のマガジンクリップを受け取ってくれ。係の者には、もう話は通してある」

「助かります」

三上は札束入りの封筒を受け取ると、黒いファイルを摑み上げた。

署長室を出て、いったん生活安全課の刑事部屋に戻る。城戸課長しかいなかった。

「明日から少しの間、病欠します。そういうことで、よろしくお願いしますね」

三上は課長に仁義を切ってから、拳銃保管庫に足を向けた。拳銃と予備のマガジンクリップを受け取り、地下二階の車庫に下《くだ》る。

三上はプリウスに乗り込み、すぐに発進させた。

自宅に帰りついたのは、二十六、七分後だった。三上は缶ビールを傾けながら、ふたたび捜査資料を読みはじめた。

半分ほど目を通したとき、部屋のインターフォンが鳴り響いた。来訪者は恋人の高梨沙《たかなしさ》也加《やか》だった。関東《かんとう》テレビの編成部員である。三十二歳で、個性的な美人だ。

沙也加は、四年前まで毎朝日報《まいちょうにっぽう》社会部の記者だった。そのころ、三上は聞き込み先でよく沙也加と顔を合わせた。彼女は有能な事件記者だったが、三年前に文化部に異動になった。

外部の圧力に屈《くっ》した上司を腰抜けだと罵《ののし》ったことで、社会部にいられなくなったらしい。文化部では美術担当だったそうだが、仕事に意欲が湧かなかった。そんなことで、沙也加はテレビ局に転職したのだ。

彼女は報道部志望だったが、編成部に配属された。ストレスを溜めているころ、二人は偶然に酒場で再会した。それがきっかけで二年前から交際するようになり、数カ月後に親密な仲になった。

沙也加は週に一、二度、三上の自宅に泊まりにくる。そのつど、肌を重ねていた。

彼女は単なる恋人ではなかった。隠れ捜査の相棒でもあった。支援捜査に関わりのある情報を局の報道部から、巧《たく》みに引き出してくれている。時には、張り込みや尾行の手伝いもしてくれていた。

特命も大事だが、いまは甘い一刻《ひととき》を優先させるべきだろう。沙也加はかけがえのない女性だ。

三上はソファから立ち上がり、玄関ホールに急いだ。

3

白い太腿《ふともも》がなまめかしい。

沙也加は寝返りを打ったらしく、毛布は大きく捲《めく》れている。

三上は欲情をそそられた。手洗いに立って、ベッドに戻ったところだった。夜が明けかけていた。

ドレープのカーテン越しに朝陽《あさひ》がうっすらと射《さ》し込んでいる。寝室は仄《ほの》かに明るい。

前夜、三上と沙也加は別々にシャワーを浴びてから求め合った。三上は情熱的に恋人の裸身を愛撫し、三度ばかり極《きわ》みに押し上げた。

深く感じた沙也加も、狂おしく応《こた》えた。口唇愛撫は長かった。しかも、的確に性感帯を刺激しつづけた。三上は思わず途中で果てそうになった。気を逸《そ》らし、さまざまな体位《ラーゲ》で結合した。

アクロバチックなラーゲを求めても、沙也加は拒《こば》まなかった。それどころか、進んで応じた。三上は煽《あお》られ、いつもより昂《たか》まった。

長い情事になった。三上は沙也加の三度目の沸点《ふってん》に合わせて、ゴールインした。

射精感は鋭かった。しばらく硬度は落ちなかった。二人はたっぷりと余韻《よいん》を味わってから結合を解き、またシャワーを使った。それから眠りについたのである。

三上はベッドの際《きわ》に膝を落とし、毛布をはぐった。ネグリジェの裾が捲れ、真珠色のパンティーが覗《のぞ》いている。ブラジャーはつけていない。

三上は沙也加の太腿にくちづけし、舌の先を滑らせはじめた。すると、沙也加が目を覚ました。

「びっくりした。どうしたの？」

「沙也加の寝姿を見てたら、妙な気分になってきたんだよ」

三上はベッドの上に這《は》い上がり、ネグリジェの裾を捲り上げた。ヒップの下に両手を差し入れ、パンティーを一気に引き下げる。

「わたし、犯されちゃう。どうしよう!?」

沙也加が笑いを含んだ声で言った。だが、腿を閉じようとはしない。

三上はパンティーを足首から抜き、恋人の股間に顔を寄せた。和毛《にこげ》を梳《す》き、秘めやかな場所に軽く息を吹きつける。

沙也加が小さな声をあげ、腰をひくつかせた。欲情が膨らむ。

三上は舌を閃《ひらめ》かせはじめた。

感じやすい突起は、たちまち硬く尖《とが》った。三上はフリル状の扉を舌の先でくすぐり、陰核《クリトリス》をひとしきり下から舐《な》め上げた。左右に振るわせ、吸いつけもした。

三上は舌技を施《ほどこ》しながら、内奥《ないおう》に中指を潜《くぐ》らせた。潤《うる》んでいた。クリトリスのほぼ真裏まで指を伸ばし、天井の部分を圧迫しつづける。

一分も経《た》たないうちに、ふだんは隠れている小さな塊《かたまり》が顔を覗かせた。Ｇスポットだ。指を鉤《かぎ》の形にし、その部分を釣り上げるように持ち上げる。そのたびに、Ｇスポットは肥大した。

三上はクリトリスを舌で刺激しながら、Ｇスポットを擦《こす》りはじめた。それから間もなく、沙也加は快感の高波に呑《の》まれた。体をリズミカルに硬直させ、悦《よろこ》びの声を洩らした。スキャットに似た声だった。

三上の指は、きつく締めつけられていた。内奥のビートがはっきりと指に伝わってくる。深く感じていることは間違いない。

三上の下腹部は、いつしか熱を孕《はら》んでいた。上体を起こし、手早く全裸になる。ペニスは反《そ》り返っていた。

三上はネグリジェの前ボタンを外した。

沙也加が半身を起こし、肩からネグリジェを落とす。動きは速かった。

「今度は、わたしがオーラルを……」

「もう待てないんだ」

三上は恋人を仰向けにさせ、正常位で体を繋《つな》いだ。沙也加が片手で三上の髪の毛をまさぐり、もう一方の手で背中や腰を撫でる。いとおしげな手つきだった。

三上は六、七度浅く突き、一気に深く沈んだ。結合の度合が深まるつど、沙也加は淫蕩《いんとう》な呻きを零《こぼ》した。煽情的《せんじようてき》だった。

三上は突きまくった。むろん、腰に捻《ひね》りも加えた。律動《りつどう》を速めると、沙也加が昇りつめる予兆を見せた。寄せられた眉根《まゆね》が妖《あや》しい。

タイミングを計って、二人は同時に頂《いただき》に駆け上がった。ペニスをひくつかせると、沙也加は身を縮めた。洩らした呻きは甘やかだった。長く尾を曳《ひ》いた。

二人は後戯を交わしてから、体を離した。三上は沙也加を横抱きにし、引き寄せた。

「起こして悪かったな」

「ううん。あんな形で求められたのは初めてだったから、とっても新鮮だったわ。レイプ犯にお礼を言わなくちゃね」

「えっ、おれはきみを犯したことになるのか⁉」

「冗談よ。クリトリスとGスポットを同時に愛撫されると、あんなに感じちゃうのね。そういうテクニックを知ってるのに、なんでいままで使おうとしなかったの？」

沙也加が訊いた。

「何度か使おうと思ったことがあるんだよ。しかし、体目当てで沙也加とつき合ってると思われたくなかったんだ」

「わたしは、もう小娘じゃないのよ。そんなふうに思ったりしないわ。これからは、毎回、高度なテクニックを駆使《くし》してほしいな」

「本気で言ってるのかい？」

「ええ。でも、ベッドインする前には少し水分を控えないと……」

「Gスポットと膀胱《ぼうこう》は隣り合ってるから、おしっこが漏《も》れそうになるんだろ？」

「そうなのよ。ベッドでお漏らしなんかしたら、興醒《きょうざ》めでしょ？　それはそうと、わたし、支援捜査に全面協力するわ」

「沙也加の協力はありがたいが、きみは報道部の記者じゃないんだ。あんまり無理をさせたくないんだよ」

三上は言った。昨夜、恋人には特命捜査が下ったことを話してあった。

「迷惑なのかしら？」

「そんなことはないが、きみが関東テレビに居づらくなっては困るからな。編成部の人間が報道部にちょくちょく出入りしてたら、そのうち怪しまれるにちがいない」

「うまくやるわよ」

「無理しない範囲で協力してくれればいいんだ」

「大学の後輩の岩佐《いわさ》さんのほうが情報収集能力があるんでしょうけど……」

「僻《ひが》むなよ。おれはきみに甘えすぎるのはよくないと思いはじめたんで、協力はほどほどでいいと言ったんだ」

「ええ、わかってるわ。でもね、わたしは元毎朝日報の社会部記者だったのよ。いまは関東テレビの編成部で働いてるけど、記者魂は死んでないの。だから、自分のためにも真相に迫りたいのよ。できたら、また協力させて」

「わかったよ。でも、自分の仕事を最優先させると約束してくれないか」

「ええ、約束するわ」

沙也加がベッドから降り、屈《かが》んでネグリジェを羽織《はお》った。パンティーを丸め、浴室に向かう。

三上は横向きになって、セブンスターをくわえた。火を点《つ》け、深く喫《す》い込む。情事の後の一服は、いつも格別にうまい。

支援捜査の協力者は沙也加だけではなかった。大学の二年後輩の岩佐智史《ともふみ》は東京地検特捜部の検察事務官で、ボクシング部で一緒だった。学生のころから気が合い、親交を重ねていた。

岩佐は弁護士を志望し、在学中に司法試験に挑《いど》んだ。しかし、合格はできなかった。卒業後、岩佐は二年あまりロースクールに通った。司法試験に三度チャレンジしたのだが、夢は叶《かな》わなかった。そんなわけで、検察事務官になったのだ。

岩佐は正義感が強く、俠気《おとこぎ》もあった。青春時代に挫折《ざせつ》をしているからか、他者には心優しい。口が堅い男だった。隠れ捜査のことを他言される心配はなかった。

三上は一服し終えると、仰向けになって捜査資料の内容を脳裏に蘇《よみがえ》らせた。捜査本部の調べがずさんだったとは思えないが、甘さがあったのかもしれない。

捜査対象者のアリバイ調べは完璧だったのだろうか。

悪知恵の発達した犯罪者は、実に巧妙なアリバイ工作をする。それを看破《かんぱ》できなかったのではないか。そうした例は、過去にないわけではなかった。

十分ほど経過したころ、沙也加が浴室から出てきた。三上はベッドを滑り降り、入れ代わりに浴室に向かった。

頭から熱めのシャワーを浴び、頭髪と体を洗った。ついでに髭《ひげ》も剃《そ》る。さっぱりとした。

浴室を出ると、コーヒーの香りが漂っていた。身繕《みづくろ》いをした沙也加はシンクに向かって、ミックスサンドイッチをこしらえていた。食材は、前夜、彼女が持ってきてくれたのである。

「朝飯を作ってくれてるんだな。サンキュー！」

「勝手にフライパンなんかを使わせてもらったわよ、それから庖丁もね」

「いちいち断ることはないよ。なんか他人行儀だな」

「そうだけど、わたしたちは夫婦じゃないわけだし」

「その言葉の裏には何か含まれてるのかな？」

三上は問いかけた。

「あら、深読みしてる。含むものなんか何もないわ。あなたにはぞっこんだけど、結婚願望はないから……」

「安心して、か？」

「そう。謙さんは自分がいつ殉職《じゅんしょく》するかもしれない仕事に就《つ》いてるうちは、誰とも結婚するつもりはないのよね？」

「いまは、そう思ってる。しかし、先のことはわからないな。心境の変化で、いつか結婚したくなるかもしれない。沙也加だって、独身主義ってわけじゃないんだろ？」

「そうだけど、当分、結婚する気にはなれないと思うわ。妻になったら、行動が制限されちゃうでしょ？」

「だろうな」

「そういう生活は窮屈《きゅうくつ》で、耐えられないと思うわ。それに友人たちの夫を見ると、つまらない男になっちゃってるのよね。守りに入ったからか、輝きを失ってるの。独身のころはそれぞれ素敵に見えたんだけど、平凡で冴《さ》えなくなっちゃってる」

「がっかりしちゃったわけだ？」

「ええ、そう。でも、結婚しても尖《とが》った生き方を貫《つらぬ》けそうな男性《ひと》がいたら、わたし、逆プロポーズしちゃうかもしれないな。けど、そういうナイスガイは現実にはいないんじゃない？」

沙也加が振り向いて、探るような眼差《まなざ》しを向けてきた。

「そういう男になる努力をしてみるか」

「本当に？　そうなら、結婚観を変えちゃおうかな」

「努力をしてみても、沙也加の理想の男に近づけそうもないな」

「うまく逃げたわね」

「別に逃げたんじゃないよ。客観的な判断をしたわけさ」

三上は言い訳して、寝室に移った。

沙也加は結婚願望はないと言いつつも、その実、自分の妻になりたがっているのだろうか。そうなら、曖昧な形で彼女と交際しているのは罪深い。

といって、近いうちに沙也加と結婚することにはためらいがある。刑事はいつ職務中に命を落とすかもしれない。その確率は高くないが、殉職しないとは言い切れないだろう。

そのとき、幼い子がいたら、妻に苦労をかけることになる。そうしたことは避けたかった。沙也加をどうしても妻にしたくなったら、転職することになるだろう。

三上はそう思いながらも、できるだけ長く刑事でいたいという気持ちは萎《しぼ》まなかった。悩ましかった。

「なるようになるだろう」

三上は声に出して呟き、寝室からダイニングキッチンに移動した。食卓には朝食の用意が調《ととの》っていた。

三上は沙也加と差し向かいで朝食を摂《と》りはじめた。

サイフォンで淹《い》れたコーヒーは香りがあり、味が濃かった。インスタントコーヒーとは大違いだ。ビーフサンドにはスライスしたキウイが挟んであったが、それぞれの味を殺し合っていなかった。スクランブルエッグにアンチョビを載せたサンドイッチも、割にうまい。

「どれも創作サンドだな。面白い組み合わせだと思うよ」

「味はどうだった？」

「百点満点で九十五、六点だろうな」

「採点が甘いんじゃない？」

沙也加は嬉しそうだった。

二人は雑談を交わしながら、食事を済ませた。三上は沙也加がメイクをしている間に、食器を洗った。

沙也加は、数着の着替えを三上の部屋に置いてある。前日とは異《こと》なる服装で出勤したのは午前八時半ごろだった。

三上は数十分経《た》ってから部屋を出て、マンションの専用駐車場に回り込んだ。プリウスに乗り込み、新井創が撲殺された事件現場に向かう。

殺人現場で何か手がかりを得られるかもしれないと期待しているわけではない。事件現場に臨むと、被害者の無念さが感じられる。それを発条《ばね》にして、支援捜査に力を注いできた。一種の習わしだった。

二十分そこそこで、目的地に着いた。

宝泉寺の石塀に沿った裏通りは、ひっそりとしている。三上はプリウスを降りた。鑑識写真の何枚かに背景が写っていた。それで、被害者が倒れていた場所の見当はついた。

三上は数十メートル歩いて、立ち止まった。

事件の痕跡はなかったが、このあたりで公安調査官は殺害されたにちがいない。三上は屈み込んで、両手を合わせた。

新井創の冥福を祈って合掌を解く。三上は立ち上がり、裏通りを一往復してみた。やはり、防犯カメラはどこにも設置されていなかった。

三上は念のため、付近で聞き込みをしてみた。しかし、犯行を目撃した者はいなかった。不審者を見かけたという目撃証言も得られなかった。

三上は表通りに出て、あたり一帯の店舗、民家、ビルを一軒一軒訪ねてみた。

だが、徒労に終わった。別に落胆はしなかった。多くの捜査は無駄の積み重ねだ。たやすく手がかりを得られることはめったにない。

三上は、プリウスを駐《と》めてある裏通りに戻った。専用捜査車輛に乗り込み、霞が関の官庁街をめざす。

公安調査庁関東公安調査局に到着したのは、午前十時四十分ごろだった。三上は近くの路上にプリウスを駐め、受付に急いだ。

身分を明かし、被害者の上司だった若菜憲之局長との面会を求める。受付職員は内線電話の受話器を摑み上げた。遣り取りは短かった。

「若菜はすぐ一階ロビーに降りてまいりますので、あちらでお待ちいただけますか」

男性職員がロビーの端のソファセットを手で示した。三上は礼を言って、ソファセットに歩み寄った。

ロビーには人の姿は見当たらない。三上はソファに坐った。エレベーターホールを見通せる位置だった。

数分待つと、エレベーターから四十代後半の男が現われた。知的な容貌で、眼光が鋭い。若菜局長だろう。

三上は立ち上がって、男に会釈《えしやく》した。相手が頭を下げながら、足早に近づいてくる。

「お待たせしました。若菜です。ご苦労さまです」

「渋谷署に置かれた捜査本部の支援捜査に駆り出された三上といいます」

「本庁捜査一課の方なんですね？」

「去年の九月まで捜一の殺人犯捜査第四係の主任を務めてたんですが、いまは渋谷署に所属してます。新井さんの事件捜査がいっこうに進展してないんで、わたしが助っ人に駆り出されたわけです」

三上は際《きわ》どい賭けに出た。若菜が不審感を覚えて本庁の捜査一課に問い合わせれば、万事休すだ。

別段、若菜は怪しまなかった。三上は胸を撫で下ろして、若菜局長と向かい合った。

「殺された主任調査官は真面目な人間で、とても仕事熱心でした。頼りになる部下を喪《うしな》ったショックと悲しみは当分……」

若菜が顔を伏せた。

「捜査資料によりますと、被害者は『聖十字教』の分派である『福音救済会』の動向をチェックしてたようですね？」

「ええ、そうです。代表の湯浅渉はアナーキーな犯罪を重ねた『聖十字教』の教主の教えを忠実に守って、衣笠満と幹部信徒六人が逮捕されて間もなく『福音救済会』という分派の共同代表になったんですよ。多分、獄中の衣笠が分派という形でもいいから、『聖十字教』の教えを広めろと命じたんでしょう。湯浅は熱心な信者たちが自発的に『福音救済会』を立ち上げたと主張してますが、衣笠が弟子たちに獄中から指示してることは間違いないんです」

「そうでしょうね。湯浅は、共同代表の奥寺と当初は足並を揃えてたんでしょう？」

「ええ、そうです。衣笠に若いころから目をかけられてた奥寺健人は自分が衣笠の後継者になるという自負があったんでしょう。しかし、衣笠は逮捕される一年数カ月前から湯浅のほうを参謀扱いするようになったんですよ」

「なぜ衣笠は右腕だった奥寺よりも、年下でナンバースリーだった湯浅を頼りにするようになったんですかね？」

三上は素朴な疑問を口にした。

「そのあたりのことは謎ですね。とにかく衣笠の側近だった二人はぎくしゃくとしはじめ、『福音救済会』の運営を巡《めぐ》っても意見がぶつかるようになったんです。派閥闘争が激化したんで……」

「奥寺は袂《たもと》を分かって同調者を束ね、『希望の灯』を結成したんですよね？」

「そうです。奥寺はマスコミに衣笠の考え方は過激すぎたというニュアンスのことを喋った。衣笠に洗脳された湯浅が奥寺の裏切り行為に怒って、一切《いっさい》口を利かなくなったんですよ。そんな経緯があって、奥寺は自分の派の代表になったわけです」

「捜査本部は『福音救済会』の動きをしつこく探ってる被害者を目障《めざわ》りと感じて闇に葬《ほうむ》らせたと睨《にら》んだんです。でも、湯浅代表が信者の誰かに新井さんを殺《や》らせたという裏付《ウラ》けは取れなかったんですよ」

「そうらしいですね。新井は奥寺が『希望の灯』を作ってから、しばらくそっちの分派の動きをチェックしてたんですよ。奥寺がわたしの部下を抹殺したとは思われませんかね？」

「捜査本部の心証では、『希望の灯』の奥寺代表はシロのようですね」

「そうですか。あっ、もしかしたら……」

若菜が膝を打った。

「加害者に思い当たったんですね？」

「犯人かどうかわかりませんが、気になる女性がいます」

「誰なんです？」

「『福音救済会』で広報を担当してる加納美寿々《かのうみすず》という信者です。殺害された新井は、二十六歳の美人信者をある時期、S《エス》として使ってたんですよ」

「つまり、スパイとして抱き込んだ信者なんですね？」

「そうなんですが、加納美寿々のほうが一枚上手だったんでしょう。ダブルスパイだった疑いが濃いんですよ。公安調査庁《うち》はこれまでに『福音救済会』に何度も立ち入り検査をしてきましたが、その日程が五度も事前に漏れてたんです」

「新井さんが加納美寿々をSとして使ってた間のことですか？」

「ええ、そうです。美寿々は意図的に新井のSになって、実は公安調《う》査庁《ち》の情報を引き出してたのかもしれません」

「新井さんは、美人信者の色気に惑《まど》わされてしまったんですかね？」

「そういうことはないと思います。対象者が若い女性のときは色仕掛けに引っかからないよう注意しろと指導してきましたんで。新井は下戸《げこ》ではないんですが、アルコールにあまり強くないんですよ」

「酔っ払って、つい立ち入り検査の日を加納美寿々に喋ってしまったんだろうか」

「そういう疑いがあったんで、わたしは新井に美寿々と接触するなと命じたんです。それからは二人は会ってないと思いますが、そう断定はできません。新井はSとして美寿々を使ってるときに相手に上手に抱き込まれて、公安調《う》査庁《ち》の機密事項だけではなく、警視庁公安部の情報も流してしまったんだろうか」

「そうだとしたら、『福音救済会』が信者以外の者に被害者を始末させたとも考えられますね。ちょっと加納美寿々の動きを探ってみます。貴重な時間を割《さ》いていただいて、ありがとうございました」

三上は若菜に謝意を表し、ソファから立ち上がった。

4

若葉が風に翻《ひるがえ》っている。

陽《ひ》は、ほぼ真上にあった。三上は日比谷《ひびや》公園のベンチに腰かけていた。野外音楽堂の近くだ。

三上は公安調査庁関東公安調査局を辞去すると、検察事務官の岩佐に電話をかけた。支援捜査の内容を手短に話し、昼食に誘ったのである。

正午過ぎだった。間もなく大学の後輩は姿を見せるだろう。

三上は、あたりを見回した。

OLらしい三人連れがベンチに坐って、弁当を広げている。その近くでは、五十年配の男が土鳩《どばと》にポップコーンを投げ与えていた。

三上は、なぜか梅雨前のこの季節が好きだった。春と初夏の端境期《はざかいき》の気候は不安定だが、独特の風情《ふぜい》がある。

青空を仰いだとき、伏見刑事課長からメールが届いた。三上は岩佐に電話をかける前に伏見に連絡して、加納美寿々に関する情報を集めてほしいと頼んであったのだ。

メールには、『福音救済会』の美人信者の顔写真も添えられていた。本庁運転免許本部から引き出した写真だった。加納美寿々は女優のように美しかった。

細面《ほそおもて》で、瞳は円《つぶ》らだった。細い鼻は高く、唇は官能的だ。魅惑的な造作である。

美寿々の父親は有名私大の英文学教授だった。母親は彫刻家で、二つ違いの弟は大学院生だ。実家は目黒《めぐろ》区平町《たいらまち》にある。

美寿々は大学二年生の秋に『福音救済会』に入信し、家出同然に親許を離れた。それ以来、江戸川《えどがわ》区東小松川《ひがしこまつがわ》にある教団本部で暮らしている。大学は父母には無断で中退してしまった。家族とは絶縁状態らしい。

三上はメールを読み終えると、刑事課長の携帯電話を鳴らした。スリーコールで、通話可能になった。

「早々とメールを送信していただいて、ありがとうございます」

「加納美寿々は大変な美人だね。並の女優よりも器量がいい。色っぽくもある」

「そうですね。これまでの捜査では、加納美寿々は対象者にもなってなかったんでしょ?」

「そうなんだ。捜査対象者になってたら、ファイルの資料に記載されてるよ。なんで被害者の上司の若菜局長は、いまごろになって加納美寿々のことを喋る気になったんだろうか」

　伏見が訝《いぶか》しげに言った。

「若菜局長は、部下だった新井創が美寿々をSにしてたことを捜査関係者に知られたくなかったんでしょう」

「そうなんだろうか。しかし、公安調査庁と本庁公安部は不穏《ふおん》な団体に関する情報を共有してるはずだよ。警察関係者に公安調査庁がSを使ってることを知られたくなかったとしても……」

「公安部と刑事部は昔から反目し合ってきましたから、公安調査庁のSについては情報を捜査一課には流さないと思いますよ」

「ああ、そうだろうな。それで、若菜局長はこれまでは被害者が美寿々をスパイとして使ってたことを話さなかったわけか」

「そうなんだと思います。しかし、捜査が難航してるんで、若菜局長は死んだ部下を早く成仏させてやらないといけないと考えるようになったのかもしれません」

「そういうことなら、合点がいくよ。しかし、加納美寿々はダブルスパイだった疑いがあるということだった。立ち入り検査の日程が何回も事前に『福音救済会』に漏れてたんなら、美寿々は確かに二重スパイだったんだろうね」

「そう考えてもいいと思います」

「新井創は美寿々にうまく利用されてたことに気づいて、何か報復する気になったんじゃないだろうか」

「たとえば、どんな仕返しが考えられます？」

三上は訊いた。

「美寿々がSだったことを本庁公安部に教えたんじゃないのかね。それを察知《さっち》した美寿々が第三者に新井創を片づけさせたのかもしれないぞ」

「伏見課長、ちょっと待ってください。若菜局長の話が事実なら、新井は美寿々に立ち入り検査の日程を『福音救済会』に教えてたことになります。新井はダブルスパイに嵌《は》められた事実を本庁公安部に知られてしまうわけですよ」

「そうなったら、自分の間抜けぶりが露呈《ろてい》してしまうね。新井が本庁公安部に美寿々がSであることを告げ口する可能性は低いな」

「ええ、そうですね」

「加納美寿々は教団の湯浅代表の指示で、新井に抱き込まれた振りをして、公安調査庁の内部情報を引き出してたんだろうな」

「そう思われますね」

「加納美寿々は色っぽい美女だよな。そんなSに甘く誘われたら、真面目な新井も欲望を抑《おさ》えられなくなるんじゃないか」

「三十代の独身男なら、誘惑には乗ってしまうでしょうね」

「通俗的な発想だが、新井は淫《みだ》らな行為に耽《ふけ》ってるとこを美寿々にスマートフォンで動画撮影されたんじゃないだろうか。恥ずかしい行為を隠し撮りされたら、新井は美寿々の言いなりになるほかないと思うんだ」

「そうだったら、新井は窮地に追い込まれるでしょうね」

「三上君、そうなのかもしれないぞ。『福音救済会』の湯浅代表は四十過ぎだが、まだ独身だ。美寿々とは深い関係なんだろう。だから、湯浅は二十六歳の美寿々に広報担当の要職を与えたんだろう。湯浅が若い美人信者に手をつけたことはスキャンダルになる」

「そうですね」

「新井創は湯浅代表の乱れた一面を『福音救済会』の信者らに教えると美寿々に逆襲する気になったんじゃないだろうか」

「そんなことをされたら、幻滅した信者が何人も脱会しそうですね」

「焦《あせ》った加納美寿々は、湯浅代表に新井が反撃したことを報告した。二人は相談の結果、新井を誰かに抹殺させたんじゃないか。そう筋を読むことはできるな」

「伏見課長の推測通りかどうかわかりませんが、江戸川の『福音救済会』に行ってみますよ」

「そうしてくれないか。代表の湯浅は全国の教団施設を回ってるんで、本部にいつもいるわけじゃないんだ。しかし、加納美寿々は本部に寝泊まりしてるはずだから、いると思うよ」

「ええ、多分。伏見課長、捜査資料では被害者は上司や同僚と何かで揉めたことはないと記《しる》されてましたが、それは間違いないんですね？」

「ああ。職場の人間関係はうまくいってたし、私生活にも問題なかったんだ。新井は官舎で独り暮らしをしてたんだが、月に一度は横浜《よこはま》の都筑《つづき》区にある実家に顔を出してた。家族とも円満だった。友人や知り合いに恨まれたりもしてなかった」

「そうですか」

「消去法で考えると、やはり『福音救済会』の関係者が臭いね。しかし、初動と第一期捜査では、代表の湯浅が犯罪のプロらしき人物に接触した事実は確認できなかったんだ」

「そのようですね。湯浅が誰かに代理殺人を依頼したとしても、実行犯と会わなくても……」

「おっ、そうだね。確かに実行犯と直《じか》に会わなくても、殺人の依頼はできる。電話、ファックス、メールの類《たぐい》は足がつきやすいが、双方の郵便ポストにダイレクトに文書を投げ込めば、連絡は取り合えるだろう」

「そうですね。すぐには思い当たりませんが、ほかにも連絡し合う方法はあるでしょう」

「わたしはネットのことはよく知らないが、他人のパスワードを使って裏サイトを覗き、代理殺人を請け負ってくれる者を見つけることは可能だろう?」

「ええ。ネットカフェで、フリーメールで連絡し合えば、殺しの依頼人は一度も実行犯と会わずに済むはずです。着手金や成功報酬の引き渡しも可能でしょう」

「銀行振り込みはできないから、殺しの依頼人は着手金や残りの成功報酬を駅構内のロッカーにでも入れ、その鍵の隠し場所を実行犯に教えたのかもしれないな」

伏見が言った。

「その方法だと、防犯カメラに捉《とら》えられてしまうでしょ?」

「そうだが、どちらも別人に動いてもらえば、バレる心配はないんじゃないか。あるいは、他人名義の口座を使って金の受け渡しをしたとも考えられるね」

「ええ。とにかく、少し加納美寿々に張りついてみます。何か動きがあったら、すぐに報告しますよ」

三上は折り畳んだ官給携帯電話を懐に仕舞《しま》った。

その直後、検察事務官の岩佐が駆け寄ってきた。

「先輩、待たせてしまって申し訳ありません。検察合同庁舎を出たとき、顔見知りの法曹記者に見つかっちゃったんですよ。それで、公判中の汚職に絡む証人の怪死の件でいろいろ探りを入れられてたんです。だいぶ待ちました？」

「いや、たいして待たなかったよ。呼び出して悪かったな。おまえには何かと協力してもらったんで、昼飯を奢《おご》るよ」

「先輩、そんなに気を遣《つか》わないでください。自分、先輩の支援捜査に協力できることを楽しみにしてるんですから」

「そう言ってもらえると、気持ちが楽になるよ。本当は岩佐や沙也加の力を借りないで、おれだけで事件を落着させなければならないんだよな。しかし、そうだと、事件を解決するのにもっと日数がかかってしまう」

「当然でしょうね。単独捜査では、どうしても時間がかかってしまいますから」

「そうなんだよ。といって、仮病で一カ月も二カ月も欠勤はできないからな。だから、おまえや彼女に協力してもらってるんだ。しかし、どちらも自分の仕事があるわけだから、なんか気が引けちゃってな」

「自分が担当してるのは政治家や財界人の犯罪が圧倒的に多いんです。権力や富を求める人間たちの犯行動機はワンパターンですんで、興味が湧きません。でも、先輩が指令を受けてる殺人事件はさまざまですから、面白いんです。高梨さんも以前は新聞記者だったんで、自分の仕事よりも興味深いと思ってるにちがいありません」

「そうみたいだな。岩佐、坐れよ」

三上は言った。岩佐がうなずき、かたわらに腰かけた。

「残念ながら、加納美寿々の顔写真は手に入れられませんでした」

「顔写真《ガンクビ》は、おれが手に入れたよ。渋谷署《うち》の刑事課長が本庁の運転免許本部から美寿々の免許証用の写真を引っ張ってくれたんだ。なかなかの美女だよ」

三上は麻の白い上着の内ポケットから携帯電話を取り出し、ディスプレイに写真メールを再生させた。岩佐がディスプレイに目をやる。

「おっ、すげえ！　女優顔負けの美人ですね。セクシーでもあるな」

「電話でちょっと言ったが、事件の被害者は美寿々をSにしてたんだ。しかし、美寿々はダブルスパイだったみたいなんだよ」

「ただの美女じゃないようですね」

「まだ若いが、強《したた》かな女なんだろうな」

三上は、公安調査官だった新井が美寿々の色仕掛け《ハニートラップ》に引っかかった可能性があることを教えた。

「美寿々みたいな美女に色目を使われたら、たいがいの男は罠に嵌まっちゃうだろうな。それで自分の恥ずかしい姿をこっそり動画撮影されちゃったら、相手の言うことを聞かざるを得なくなるでしょうね」

「だろうな。それだから、新井創は何度も立ち入り検査の日程を教えてしまったんではないか。刑事課長は、そう筋を読んでるんだ」

「そうですか」

「そうだったとしたら、新井と美寿々の立場は逆転したわけだ。新井は何か反撃をしないと、美寿々に公安調査庁の内部情報を流さなければならなくなる」

「以前のように被害者が優位に立つには、美寿々の弱みを摑んで切り札にするほかなさそうですね」

岩佐が言った。

「刑事課長は『福音救済会』の湯浅代表と美寿々は男女の仲なんではないかと読んでるみたいなんだよ。岩佐の意見を聞かせてくれないか」

「二人はデキてると思います。まだ二十代の加納美寿々が教団のスポークスマン的な役割を果たしてるんでしたら、そうなんでしょうね。だけど、美寿々が記者会見で湯浅代表の代弁をしたことは過去に一度もないはずです。喋るのは、いつも三十代後半の男ですから」

「そうだったな。その彼はスポークスマンのような存在で、広報全般の責任者は加納美寿々なんだろう。捜査資料には、そういうニュアンスで記述されてたんだ」

「それなら、湯浅は美寿々に特別に目をかけてたんでしょうね。そこまでえこひいきするのは、親密だからと考えてもいいと思います。先輩、殺された公安調査官は二人が密会してる証拠写真か動画を教団の幹部たちに送りつけるとでも脅迫したのかもしれませんよ」

「脅迫しただけではなく、新井は教団代表に何か要求したんだろう。『福音救済会』をただちに解散しろとかな」

「先輩、湯浅と美寿々が男女の関係だと信者に言い触《ふ》らすと脅されても、その程度のことは致命傷とも言えないでしょ？」

「そうだな。岩佐の言う通りだ。湯浅は教団を脱けようとした信者を幹部たちに痛めつけさせたんじゃないのかな。つい度が過ぎて、相手を死なせてしまったのかもしれないぞ」

「だいぶ前に過激派が内ゲバで仲間を次々に処刑するという凄惨《せいさん》な事件がありましたし、カルト教団でも似たような殺人騒ぎが起こりましたよね？」

「そういうことがあったな。そうしたことがなかったとしたら、湯浅は車で轢《ひ》き逃げ事件を起こしたとも考えられる。捜査資料によると、湯浅は自ら車を運転して、数人の側近と全国の教団施設を巡り、『聖十字教』の元教主の衣笠満の説法を若い信者たちに聞かせてるようなんだ」

「代表自身がハンドルを握ってるんなら、脇見運転中に通行人を轢き殺してしまったという推測にはリアリティーがあると思います。側近たちが死体をどこかに遺棄《いき》して、轢き逃げ事件を闇に葬ってたんですかね」

「ほかに何か致命的な弱みは考えられるかい？」

三上は言った。

「先輩、『福音救済会』の江戸川本部は四階建てのビルです。競売物件を買ったんですが、二億数千万の値がついてました」

「そうだったかな。全国に三十近い支部施設があるが、信者の寄附金だけではそれだけの資金は賄《まかな》えないだろう。『聖十字教』の隠し金を収監中の衣笠満は、最も目をかけてた湯浅に譲ったんだろうか」

「それは考えられないでしょ？　衣笠は金銭欲が強い男です。警察に捕まることを予測して、自分の逃亡資金を数千万円も隠し部屋に保管してあったんですよ」

「そんな男が『聖十字教』の隠し資産を湯浅に自由に遣っていいと言うわけないか」

「ええ、考えにくいですね。金銭に執着する奴は死ぬまで強欲だと言いますでしょ？」

「そうなんだろうな。だとしたら、湯浅は本部を含めて多数の教団施設を手に入れる購入資金をどうやって工面したのか。信者の寄附金だけで足りるわけない」

「先輩、『福音救済会』は何か違法な手段で教団施設の購入資金を調達したんじゃないんですかね。どんな裏ビジネスで手っ取り早く稼いだのかはわかりませんが、新井創は教団の資金作りが非合法だという証拠を押さえて、『福音救済会』と渡り合うつもりだったんじゃないですか」

「そうかもしれないな。ところで、日比谷の映画館街の中にタイ料理店があるんだ」

「知ってますよ。『チェンマイ』という店で、自分も一度行ったことがあります。代表的なスープのトム・ヤム・クンはうまかったな」

「その店で、本場のタイ料理をたらふくご馳走するよ。行こう」

三上は岩佐の肩を軽く叩き、ベンチから腰を上げた。

第二章　怪しげなカルト教団

1

どの窓もブラインドで塞《ふさ》がれている。

『福音救済会』の教団本部だ。三上は、教団本部の斜め前にある八階建てのマンションの非常階段の踊り場にいた。三階と四階の間だ。

午後二時数分前だった。日比谷のタイ料理店で岩佐と昼食を共にしてから、江戸川区にやってきたのである。

三上は中腰のまま、上着のポケットからドイツ製の双眼鏡を掴み出した。

レンズの倍率を最大にして、双眼鏡を目に当てる。三上は改めて教団本部の窓を見た。

すると、二階の一室のブラインドがわずかに開いていた。隙間《すきま》から室内をうかがう。

木製の長い椅子が三列並び、古代服に似た白いローブをまとった十数人の若い男女が何か祈りを捧げていた。祭壇には黒い十字架が掲《かか》げられ、その横には『聖十字教』の教主だった衣笠満の巨大なパネル写真が見える。

『福音救済会』の湯浅代表の写真はどこにも見当たらない。湯浅は衣笠の後継者として布教活動をしているのだろう。

だとすると、『聖十字教』の隠し資産は湯浅に流れたのか。

しかし、マスコミ報道によると、衣笠名義の不動産や預金は二人の娘が管理していると伝えられていた。意図的かどうか不明だが、衣笠の娘たちは『福音救済会』と距離を置いていると報じられていた。

それが事実なら、『聖十字教』の隠し金が『福音救済会』に引き渡されたとは考えにくい。湯浅代表は何らかの方法で、教団の運営資金を調達したのだろう。まともなビジネスで巨額を捻出《ねんしゅつ》したとは思えない。

少し経《た》つと、礼拝堂のような部屋に黒いローブを着た四十代前半の男が入室した。湯浅だった。テレビのニュースで観《み》たときと違って、口髭《くちひげ》をたくわえている。

湯浅につづいて部屋に入った女性は、加納美寿々だった。紫色のローブを身につけている。そのせいか、気高く映った。

二人は祭壇の前に並んで立ち、十字を切った。長椅子に坐った男女も同じ仕種《しぐさ》をした。どうやら信者同士の挨拶《あいさつ》らしい。

美寿々が祭壇の脇に退《さ》がった。

湯浅が衣笠のパネル写真に深々と頭を下げ、信者たちに何か語りはじめた。衣笠の教えを説《と》いているのだろう。信者たちは神妙な顔つきで耳を傾けている。

十分ほどで湯浅と美寿々は部屋から出ていった。信者が一堂に会する大ホールのほかに、修行場は幾つかに分かれているようだ。信者の修行年数によって、仕分けられているのだろうか。

三上は小型双眼鏡を上着の内ポケットに入れ、非常階段を下《くだ》った。居住者《きよじゆうしや》のような顔をしてマンションの敷地から出る。誰にも見咎《とが》められなかった。

プリウスは、教団本部から少し離れた路肩《ろかた》に寄せてあった。教団本部の出入口と塀には計四基の防犯カメラが設置されていた。

三上は二十数メートル歩いて、専用覆面パトカーに乗り込んだ。

湯浅か美寿々のどちらかが教団本部から出てきたら、尾行するつもりだ。張り込みを開始する。

一時間が経ち、二時間が過ぎ去った。

だが、どちらも外出する気配はうかがえない。三上は焦《じ》れはじめたが、ひたすら待った。張り込みは自分との闘いだった。

功を急ぐと、ろくな結果にはならない。捜査対象者が動きだすのをじっと待つ。それが鉄則だった。

午後五時半を回ったころ、『福音救済会』の本部から白いアルファードが走り出てきた。運転者を含めて五人の男女が乗り込んでいた。

そのうちの三人は男で、二人は女だった。三上は目を凝《こ》らした。女のひとりは加納美寿々だ。五人ともローブ姿ではない。カジュアルな恰好《かっこう》をしている。食料の買い出しに出かけるのかもしれない。

三上はアルファードが遠ざかってから、プリウスを発進させた。慎重に追尾しはじめる。

アルファードは首都高速七号に乗り入れると、亀戸《かめいど》方面に向かった。残照が消え、黄昏《たそがれ》の気配が漂いはじめていた。

三上は数台の車を挟みながら、アルファードを尾行しつづけた。

やがて、アルファードは錦糸町《きんしちょう》の駅前にある雑居ビルの地下駐車場に潜った。三上も、車ごと地下駐車場に下った。

アルファードはエレベーターホールのそばに駐められた。三上は車をスロープの近くのカースペースに入れ、手早くエンジンを切った。静かにプリウスから出て、アルファードに目をやる。

美寿々たち五人はアルファードを降り、ひと塊《かたまり》になってエレベーターホールに向かった。三上は動かなかった。

五人が函《ケージ》の中に消えてから、エレベーター乗り場まで突っ走った。三上は階数表示板を見上げた。

ランプは七階で静止した。

三上は二分ほど遣《や》り過ごしてから、ケージに乗り込んだ。七階には貸ホールしかなかった。美寿々たち五人は見当たらない。

ホールの出入口には、『人間セミナー』と墨書された貼り紙が見える。受付の前には七、八人の若い男女がたたずんでいた。十代後半から二十代半《なか》ばの者ばかりだった。

受付に立った柔和《にゅうわ》な顔つきの青年が若い男女をホールに導いた。もっともらしいセミナーを開催して、信者を勧誘しているのではないか。

三上は変装用の黒縁眼鏡《くろぶちめがね》をかけ、受付に歩み寄った。少し待つと、ホールから係の青年が姿を見せた。

「六階にちょっと用があって来たんだけど、面白そうなセミナーをやってそうだから……」

「そうですか」

「英会話教材か何かを売りつけるセミナーだったら、引っかかるのは御免だな」

「そうした類《たぐい》の集まりじゃありません」

「どんな団体がセミナーを主催してるのかな？」

「ある篤志家が次世代の若者たちの多くが社会に絶望してることを憂《うれ》え、無料で人間らしく生きようという趣旨の啓蒙《けいもう》セミナーを開いてるんですよ」

「それは立派なことだが、うまいことを言って物を売りつけたり、怪しげな宗教に勧誘してるケースもあるから、気をつけないとな」

「そういういかがわしいセミナーではありません。いまの政権は弱者を斬り捨てるような政策を平気で掲《かか》げてますでしょ？」

「そうだね。大企業に有利な政策を次々に打ち出し、公共事業で経済を活性化させたがってる。その前にやるべきことがたくさんあるのに、高齢者や母子家庭の救済は後回しにしてるな。中小企業で働くサラリーマンにも冷たい」

「そうですね。景気の回復が急務だとか言って、税金の偏《かたよ》った遣い方をしてます。そのため、社会的弱者は暮らしにくくなってます。勤め人の約四割は非正規労働者なんです。こんな社会はおかしいですよ。若い世代は生きることで精一杯で、夢なんか持てません」

「三十八歳のおれも同じだよ。三カ月前にリストラで早期退職させられて、目下、求職中なんだ」

「それは大変ですね」

相手は、嘘を真《ま》に受けたようだ。

「毎日、ハローワークに通ってるんだが、なかなか働き口が見つからない。いっそ死んじまおうかと思ったりするよ」

「生きにくい時代ですけど、絶望してはいけません。そこからは何も生まれませんからね」

「そうなんだが……」

「ぜひセミナーに参加してください、本当に無料ですんで。いろんな苦労や挫折《ざせつ》を味わった人たちの体験談が聴けますんで、きっと何かの役に立つと思います」

「くどいようだけどさ、セミナーが終わったら、何か物を買わされるんじゃないの？ それとも、新興宗教団体に入らされちゃうのかな」

「そんなことは絶対にありません。受講料はいただきませんが、参加者の方にはお名前とご住所を記入していただいてるんですよ」

「それだけでいいの？　なら、セミナーに参加するかな」

三上は受付に歩み寄った。受付係が芳名帳《ほうめいちょう》を差し出した。三上は偽名を記《しる》し、でためな住所を綴《つづ》った。

「ご記帳、ありがとうございます。では、ご案内します」

受付係が三上をセミナー会場に通した。

折り畳み式のパイプ椅子が五十脚ほど並び、ほぼ半分の席が埋まっていた。二十歳《はたち》前後の若者が圧倒的に多い。男女比は六対四ほどだろうか。

場違いな所に紛《まぎ》れ込んでしまったと感じたが、三上は最後列の端に坐った。周《まわ》りに人はいなかった。セミナーの参加者は少しずつ増えたが、満席にはならなかった。参加者は三十七、八人だった。

六時半になると、セミナーの進行役が型通りの挨拶をした。特定の団体は絡んでいないと強調し、最初の講演者がマイクを握った。三十二、三歳の痩《や》せた男だった。

男は志望した名門高校の受験に失敗し、それ以来、二十三歳まで自宅に引きこもっていたことを告白した。敗北感を乗り越えることができずに、暗い気持ちで塞ぎ込んでいたらしい。

次第に苛立《いら》ちが募《つの》り、母や妹に暴力を振るうようになったという。父親に殴られたことで、発作的に自分の部屋のカーテンに火を点《つ》けたらしい。

幸い小火《ぼや》で済んだが、自分には生きる値打ちもないと思うようになったそうだ。リストカットを繰り返したが、自殺することはできなかったという。

早く闇のトンネルから脱け出したいと焦躁感《しょうそうかん》に圧《お》し潰《つぶ》されそうになったが、どうしていいのかわからないままに無為《むい》に過ごしてしまったらしい。

一念発起して自転車で国内を巡ろうと決意したのは、二十三歳の誕生日だったそうだ。日払いのアルバイトをしながら、十カ月を費《ついや》して本州を巡り終えた。北海道に渡った翌日、過労でサイクリング中に倒れてしまった。

そのとき、長距離トラックの運転手に介抱されて地元の救急病院に担ぎ込まれたおかげで命拾いしたエピソードを涙ながらに語った。自分の身勝手な生き方を強く恥じたという。そして、他人の役に立つ生き方をしたいと切望したと結んだ。

いま現在は、有料老人ホームの介護職員として働いているらしい。給与は安いが、働き甲斐《がい》はあると誇らしい表情を見せた。

二番目にマイクを握った二十二歳の女性は親友に恋人を奪われ、深い人間不信に陥《おちい》った。他者ばかりではなく、競争社会も呪《のろ》った苦い経験から語りはじめた。

現実逃避から薬物に溺《おぼ》れ、廃人寸前にまでなったらしい。服役後、人目を避けてひっそりと生きていたが、たまたま知り合った老女に小さな親切を示したら、恩人と敬《うやま》われたという。そのときに、自分のような愚か者も他人に必要とされたことを嬉しく感じ、生き直す決意をしたそうだ。

若い参加者たちは素直に感動したようで、しばらく拍手は鳴り熄《や》まなかった。

会場が静まると、参加者たちに紙コップに入ったオレンジジュースが配られた。三上は喉は渇《かわ》いていなかったが、紙コップの中身が妙に気になった。

怪しげなセミナーの参加者に幻覚剤入りのジュースを飲ませて、セラピストを自称する人間が巧みに洗脳した事例が何件かあったからだ。国内外でも、カルト教団が同じ手でマインドコントロールしたケースは少なくない。

三上は紙コップを傾け、舌の先でオレンジジュースを舐《な》めてみた。

ほんのかすかだが、薬品臭かった。幻覚剤の類が入っているのかもしれない。ほとんどの参加者がなんの疑いもなくオレンジジュースを飲んでいる。

三上は紙コップをそっと足許に置いた。

そのすぐ後、進行係の男がマイクを握った。

「お二方《ふたかた》の体験談はいかがでしたか？」

「いい話を聴けてよかったですよ」

　最前列に坐った若者が即座に応じた。

「どちらも苦い経験をしたようですが、どこにも人生のプロなどいません。程度の差こそあっても、どなたも過去につまずいたことはあるでしょう」

「ある、ある！」

　中ほどの席の若い女性が声をあげた。ほうぼうで似たような言葉が囁《ささや》かれた。

「それが人間でしょう。あえて名は伏せさせてもらいますが、このセミナーの主催者もそれこそ失意と挫折が〝友達〟という半生を送られてきました。ふてくされて無頼な日々を送ったそうです。いまでこそ名士と呼ばれていますが、虚無感と絶望に苦しめられたようです。しかし、人生を棄《す》てたりはしませんでした」

「なぜなんです？」

　ある女性参加者が問いかけた。

「いい質問ですね。主催者は物心ついたころから、母親に『人間は誰かを支えるために生まれてきたんだよ』と教えられてきたんですよ。ですから、主催者はどんなに辛い運命が待ち受けていても真っ当に生きて、他者の悲しみや憂いに寄り添う決意をしたそうです。それを実践したら、幸運に恵まれて社会的な成功者になっていたとおっしゃってました」

「利己的な生き方をしてたら、徳のある人間にはなれないわけですね」

誰かが言った。

「その通りです。しかし、社会的に成功したか否《いな》かはどうでもいいことだと主催者はおっしゃっています。どれだけ他人《ひと》の役に立てたかで、人間の価値は決まると言っておられます。みなさん、そうは思いませんか？」

「そうですね」

最前列の青年が大声で言った。同調の仕方が速かった。セミナー関係者のひとりなのかもしれない。

「ここで、主催者の弟子のひとりを紹介しましょう。加納美寿々さんです。大変な美女ですが、芸能人ではありません。魂の伝道者です。みなさん、拍手でお迎えください」

進行係がホールの隅を手で示した。

ベージュのスーツに身を包んだ美寿々が現われ、マイクを手に取った。

「ただいまご紹介にあずかりました加納美寿々です。よろしくお願いします」

「こちらこそ！」

サクラと思われる青年が明るく応じた。

「お元気ですね。さぞ充実した日々をお過ごしなんでしょう」

「そうなら、いいんだけど……」

「生き辛さを感じてらっしゃるようですね」

「おれ、いや、ぼくは人材派遣会社に登録して派遣社員として一年とか二年の契約で働いてるんですよ。会社の都合で雇い止めにされたりするんで、将来が不安でね。他者の役に立ちたいけど、とてもそんな余裕はないな」

「若い世代の大半がそのような悩みを抱えてるでしょうね。どうすれば、暮らしやすい世の中になると思われます？」

「社会の仕組みを大幅に変えない限り、格差は縮まらないでしょ？　でも、この国で革命なんか起こせっこないよね。みんな、自分の小さな幸せしか求めてないんだから」

「確かに社会的弱者を思い遣《や》るゆとりがありませんよね。でも、少し考えてみてください。利他《りた》の心のない人間になったら、この国はもっと悪くなるでしょう」

「陸海空の自衛隊の幕僚《ばくりょう》長《ちょう》を焚《た》きつけて、クーデターを起こすか」

「冗談でおっしゃったんでしょうが、先進国で軍事革命は無理です。ですけど、若い世代が人間らしく生きようと心がけることで、社会はまともになるはずですよ」

美寿々が場内を眺め回した。参加者の男女が次々にうなずく。

サクラと思われる青年と美寿々はシナリオ通りに事を進めているようだ。青年は『福音救済会』の信者なのだろう。

「人間らしく生きようと若い世代が心がければ、社会の歪みは正せます？」

　女性参加者が美寿々に問いかけた。

「あなたは選挙権をお持ちでしょ？」

「ええ」

「いつも投票されてますか？」

「一度、衆院選のときに投票所に行ったことがあります。だけど、政治には不信感があるから、積極的に投票する気になれないんですよ。政権与党に太刀打ちできる野党はないでしょ？」

「いま現在はそうでしょうね。でも、若い世代が本気で腐敗しきった社会を変えようと力を合わせれば、少しずつでも世の中をよくしていけるはずですよ」

「そうかしら？」

「何事も諦めちゃ駄目です。あらゆる手を尽くせば、この国を私物化してる政治家、官僚なんかを排除できると思います。時間はかかるでしょうが、目的は達成できますよ。選挙だけで社会を変えられなければ、別の手段を用《もち》いてもいいと思います」

「別の手段と言うと、何なのかしら？」

「まだ具体的な方策は見つかっていませんが、このセミナーの主催者は若いブレーンたちと社会を劇的に変える手段を模索してるんですよね」

「そうなの。人間は私利私欲を捨てなければ、心の充足感は永久に得られない気がします」

「そうなのかもしれません」

「〝日本丸〟という大型船に乗り合わせた人たちが快く暮らせるようにするには、若い人たちが手を携《たずさ》えるべきでしょう。セミナー主催者は、そうした目標を掲げた勉強会を定期的に開いてるんですよ。勉強会は東小松川でも、よく開かれてます。みなさん、一度、勉強会に遊びにきませんか」

美寿々が笑顔で呼びかけ、サクラらしい青年に顔を向けた。青年が椅子から立ち上がり、セミナー参加者たちの方に向き直った。

「みんなで協力し合って、少しでも住みよい国にしていかないか」

「おう」

十数人の参加者が椅子から腰を上げ、拳《こぶし》を高く突き上げた。

美寿々が満足そうにほほえみ、マイクを進行係に手渡した。参加者たちは一様《いちよう》に興奮気味だった。オレンジジュースの中に何か薬物が混入されていたのだろう。

「勉強会について詳しい説明をさせてもらいますので、みなさん、着席してください」

進行係が声を弾ませた。信者の勧誘に成功すると踏んだのだろう。

三上はそっと席を立ち、セミナー会場から抜け出た。

2

地下駐車場に戻ってから、三十分が過ぎた。

だが、美寿々たち一行はまだエレベーターから出てこない。三上は煙草《たばこ》を喫《す》いながら、アルファードに視線を向けていた。

短くなったセブンスターを灰皿の中に突っ込んだとき、一台のマイクロバスがゆっくりとスロープを下《くだ》ってきた。

ステアリングを捌《さば》いているのは、二十代半ばに見える男だった。

茶色い古代服のようなローブを着ている。『福音救済会』の信者と思われる。七階で開かれたセミナーの参加者の中の何人かを東小松川の教団本部に迎えるため、マイクロバスを運転してきたのだろう。

マイクロバスは、プリウスの近くのスペースに入れられた。

それから間もなく、大勢の若い男女が六、七人ずつ函《ケージ》から現われた。セミナー会場で見かけた者ばかりだ。サクラと思われる青年も混じっていた。

三上は、目で人数を数えた。

男が九人、女が十人だった。いつの間にか、マイクロバスを運転していた男は車の外に出ていた。

ローブは着ていなかった。セミナー参加者に警戒心を抱かせたくなかったのだろう。男は十九人のセミナー参加者をシートに坐らせると、運転席に腰かけた。

だが、マイクロバスを発進させようとはしない。美寿々たち五人を待つ気らしい。

数分後、美寿々たち一行がエレベーターホールに姿を見せた。五人は慌《あわ》ただしくアルファードに乗り込んだ。

先にアルファードが走りだし、その後《あと》にマイクロバスがつづいた。三上は少し間を置いてから、専用の覆面パトカーをスタートさせた。

雑居ビルを出ると、アルファードとマイクロバスは亀戸方面に向かった。教団本部に戻るのだろう。三上は数台の車を挟みつつ、アルファードとマイクロバスを尾行しつづけた。

やがて、マークした二台の車は『福音救済会』の敷地内に吸い込まれた。すぐに高い門《もん》扉《ぴ》は閉ざされた。

三上はプリウスを教団本部から少し離れた道端に寄せた。手早くライトを消し、エンジンも切る。三上は数分過ぎてから、静かに車から出た。教団本部の斜め前のマンションに入り、また非常階段を上がる。

三上は二階と三階の間の踊り場に立ち、教団本部の建物を見た。窓はことごとくブラインドで閉ざされ、室内の様子はわからなかった。

どこかの部屋から、賛美歌がかすかに洩れてくる。厳《おごそ》かな調べだが、馴染《なじ》みのない歌だった。カトリックやプロテスタントの教会でも流れていないメロディーだった。オリジナルの賛美歌なのか。

三上は非常階段を降り、プリウスの中に戻った。

できることなら、教団本部の敷地内に忍び込みたかった。しかし、防犯カメラだらけだ。多分、セキュリティーシステムは万全だろう。

三上は、セミナー参加者が表に出てくるのを待つことにした。教団で何か違法行為があれば、湯浅代表か幹部信者に迫ることは可能だ。

仮に『福音救済会』が公安調査官殺害事件に関与していても、あっさり罪を認めることはないだろう。しかし、何らかの手がかりは得られるはずだ。

三上は電話で伏見刑事課長に経過報告をした。

「投資詐欺集団が自己啓発セミナーを装って小金《こがね》を持ってる高齢者に子孫に美田を残すのは骨肉の争いの因《もと》になるから、資産運用してあげると騙《だま》して総額で百数十億円も詐取《さしゅ》した事件が四、五年前にあったな。三上君、憶《おぼ》えてるだろ？」

「ええ。別のカルト教団ももっともらしいセミナーを開いて、参加者を強引に入信させて預貯金を巻き揚げてました」

「そうだったね。そのカルト教団は寄附を渋る女性信者を幹部連中が集団レイプして、有り金を奪ってたんじゃなかったかな？」

「ええ、そうです。邪淫《じゃいん》カルト教団として摘発されましたね。別の怪しげな教団は信者のすべての異性と性交しなければ、真の信頼関係は生まれないと教え、連日連夜、乱交させてたんです。信者たちは幻覚剤と催淫剤《さいいんざい》で心と体を操《あやつ》られてしまったんで、正常な判断ができなかったんでしょう」

「そうなんだろうな。セミナー参加者に配られたオレンジジュースには、一種の興奮剤が混ぜられてたんじゃないのかね？」

「ええ、おそらく。加納美寿々はサクラと思われる男と絶妙な掛け合いで、若い参加者に意識革命の必要を説いてました。そうした下地を作っておいて、もっと過激になれとアジる気なんだと思います」

「そうだろうね。本家筋に当たる『聖十字教』はキリスト教の新派と称してたが、狂信的なカルト教団だったからね。自分たちの勢力を拡大するためには、殺人や強奪も厭《いと》わなかった。実に危険な集団だったな」

「そうですね」

「分派の『福音救済会』の湯浅代表は教祖の野望をそのまま受け継《つ》いでるんだろう。湯浅との権力闘争で敗れた『希望の灯』の奥寺代表は衣笠離れをしてるようだから、本家にいたころみたいな蛮行《ばんこう》には及ばないと思うよ。しかし、『福音救済会』の湯浅代表はいまもクレージーのままなんじゃないのかね。それだから、公安調査庁がずっと湯浅たちの動きをチェックしつづけてきたんだろう。もちろん、本庁の公安部だって『福音救済会』をマークしてるにちがいない」

「そうでしょうね」

「先生筋になる衣笠満は『聖十字教』の信者を護《まも》るためには、いっさいの法律やモラルも無視すると公言してはばからなかった。闇社会の顔役でも、そこまでは悪人に徹しきれないと思うよ。衣笠の側近だった湯浅渉はとことん洗脳されたにちがいないから、目障りな公安調査官を抹殺する気になっても不思議じゃないな」

伏見が言った。

「そう疑えますが、湯浅は実行犯ではないでしょう。加納美寿々も自分の手は汚してないはずです」

「わたしは、教団の幹部の誰かが新井創をアイアンクラブで撲殺したんではないかと睨んでるんだ」

「第一期捜査では、湯浅や美寿々だけではなく、幹部信者たちのアリバイ調べもしたんですよね。捜査資料には、そのあたりのことは詳しく記述されてませんでしたが……」

「もちろん、調べたよ。しかし、どの幹部もアリバイは完璧だったんだ。信者の証言は口裏を合わせてもらったと疑えたんだが、教団とは関係のない人たちによってアリバイは立証されたんだよ」

「それなら、幹部信者たちも揃ってシロなんでしょう」

「そう言い切っていいのかどうか……」

「伏見さん、どういうことなんです?」

三上は訊いた。

「カルト教団の信者たちは、組員ほどではないが、一般人には不気味がられてるよな?」

「ええ、そうでしょうね」

「そんな相手に凄《すご》まれたら、嘘の証言をする者もいるんじゃないか？」

「いるかもしれません」

「だから、幹部たちが真っ白と思い込むのは早計かもしれないと思ってるんだ。捜査本部に詰めてる連中には、そのことは言ってないが……」

「そうですか」

「幹部の誰かが新井創を始末してないとしたら、犯罪のプロを使ったんじゃないかな。湯浅と加納美寿々にしばらく張りついてくれないか。頼むよ」

伏見が電話を切った。

三上は携帯電話を所定のポケットに収《おさ》めると、背凭《せもた》れに上体を預けた。グローブボックスの中からビーフ・ジャーキーとラスクを取り出し、空腹感を満たす。

張り込みや尾行で、まともに食事を摂《と》れないことは稀《まれ》ではなかった。空きっ腹をなだめる方法はわかっていた。ビーフ・ジャーキーかラスクを口に入れるだけで、それなりにエネルギーになる。

困るのは尿意だ。張り込み場所が人里離れていれば、男の場合は立ち小便もできる。しかし、住宅密集地で張り込んでいるときは無理だ。携帯用の尿瓶《しびん》を使うことには抵抗があった。

徹夜で張り込むときは、水分の摂り方を控えることになる。冬場はいいが、真夏は辛い。長時間、車で尾行するときも尿意を我慢することになる。張り込みや尾行は決して楽ではないが、加害者を逮捕したときはすべての苦労が報《むく》われる。やはり、刑事稼業とは縁を切れそうもない。

三上は辛抱《しんぼう》強く待ちつづけた。

セミナーに参加していた若い男女が教団本部から出てきたのは、九時半過ぎだった。三上はプリウスを降り、彼らを追った。最寄り駅に向かっているようだった。

三上は最後尾のカップルを呼び止めた。

「ちょっと取材に協力してもらえないかな」

「取材ですか？」

先に男のほうが振り返った。二十四、五歳だろう。

連れの女性も体を反転させた。二十一、二歳か。長い髪で、愛くるしい顔立ちだった。

「フリージャーナリストの露木《つゆき》という者なんだ。『福音救済会』のことを取材してるんだが、協力してもらえないだろうか」

三上は身分を隠し、偽名を使った。

「教団の建物から出てきましたが、ぼくら、信者じゃないんですよ」

「わかってるよ。錦糸町の雑居ビルの七階で開かれたセミナーに参加して、マイクロバスで教団本部に招かれたんだよね？」

「そうです」

「実は、こっちも『人間セミナー』に参加してたんだよ。潜入取材してたんだ」

「そうだったんですか。時間潰しに彼女と一緒にセミナーに参加したんですよ。な？」

男が連れの女性に顔を向けた。相手が小さくうなずく。

「二人は恋人同士なんだろ？」

「ええ、まあ」

「きみは、もう社会人かな？」

「いえ、院生です。西北《せいほく》大政経学部の大学院のドクターコースで学んでます。彼女のほうは聖和《せいわ》女子大の三年生なんですよ」

「そう。セミナーの内容は興味深かった？」

「ええ、ちょっとね。若年世代の貧困層が増えたことが社会問題になってますし、この国は危ない方向に舵《かじ》を切ったようなんで、なんとかしないとまずいと思ってたんですよ。加納という美人の信者が言ってたことには共感できる点があったんで、セミナーの主催者が開いてる勉強会を覗いてみる気になったんです。でも、失敗しました」

「失敗した？」

三上は訊き返した。

「そうです。ぼくらセミナーに参加した若者はうまく騙されたんです。セミナーは信者を獲得するために開かれたんですよ。『人間セミナー』は、カルト教団の『福音救済会』が催してたんです。二十年前に凶悪犯罪を重ねて解散に追い込まれた『聖十字教』の分派だったんですよ。そのことは？」

「知ってる。カルト教団の実態ルポを書くために取材してるんだ」

「そうなんですか。『聖十字教』が引き起こした数々の事件はクレージーでしたけど、分派の『福音救済会』も危険ですよ。自分たちの考えに異論を唱《とな》える者はすべて敵だから、抹殺してもいいなんて湯浅という代表は真顔《まがお》で言ってました」

「『聖十字教』と同質のカルト教団と感じて、ぞっとしました。わたし、ミッションスクールの学生なんですが、教典がいい加減すぎるんで呆《あき》れてしまいました」

連れの女性が話に加わった。

「教えが矛盾だらけなんだね？」

「はい、ひどいものでした。旧約聖書と新約聖書を部分的に繋《つな》ぎ合わせて、チベット密教、神道の要素を織り交ぜ、わけがわからない教典になってるんです。湯浅代表は師の衣笠満がイエス・キリストの生まれ変わりだと本気で言ってたんですよ。わたし、笑いそうになりました。笑ったら、危害を加えられそうな感じだったんで、ずっと下を向いてましたけどね」

「彼女が言うように、湯浅や幹部たちの話はおかしな点が多かったんです」

男が交際相手を見ながら、呆れ顔で言った。

「この堕落した世の中を変えるには、法や道徳に囚《とら》われちゃ駄目なんだと繰り返し主張してたんだろうな。これまでの取材で、そのことはわかってるんだ」

「ええ、何度もそう言ってました。それから所有欲を棄《す》てて、預貯金を教団に差し出さなければ、不幸のどん底で泣くことになるぞと威《おど》したんですよ」

「セミナー参加者は、まともな勉強会なんかじゃないと気づいたんだろうな」

「ええ、半数以上はおかしいと感じたはずです。でも、ぼくらは二十人以上の男性信者に取り囲まれてたんで、なかなか帰らせてくれと言い出せなかったんです。加納美寿々という彼女がぼくらの不安や恐怖を取り除くような言葉をかけてきたんで、退散するチャンスがなかったんですよ」

「まだ教団本部に何人か残ってるんだね？」

「五人、いいえ、六人いるはずですよ。男が二人で、残りは女の子です。みんな、おとなしいタイプだったから、反論したり、帰りたいとは口にできなかったんだろうな。でも、ぼくらは長く留《とど》まったら、強引に入信させられそうだったんで……」

「勇気を出して、帰らせてくれと言ったんだね？」

　三上は確かめた。

「そう言ったのは、ぼくだったんです。そのとたん、湯浅代表の表情が険《けわ》しくなりました。加納という美人信者の顔も強張《こわば》りましたね。ほかの幹部連中は、いまにも躍《おど》りかかってきそうでしたよ」

「本当に怖かったわ。彼とわたしは教団のどこかに監禁されて、入信するまで代わる代わるに説得されるんじゃないかと思ったの。ほかの人たちも同じように不安な気持ちになったんじゃないのかな」

　女性が口を挟んだ。

「残ってる六人は、まだまだ解放されないと思うね」

「露木さんでしたよね？　一一〇番したほうがいいんでしょうか？」

「微妙なとこだな。セミナーの参加者は受付で氏名と住所を真っ正直に書いたと思うんだよ。きみはどうだったのかな？」

「本名と正しい住所を書きました。彼も同じです。ほかの参加者も偽名は使わなかったと思いますよ」

「そうだろうな。パトカーが来る騒ぎになったら、教団を訪ねたセミナー参加者は何か仕返しをされるかもしれない」

「それ、考えられますね。まともな連中じゃないから、とんでもない報復をしそうだな」

男が口を開いた。

「今夜、残った六人を軟禁状態にはしないだろう」

「そうなら、いいですが……」

「深夜になっても六人が表に出てこなかったら、こっちが一一〇番通報するよ」

「そうですか。ご迷惑でしょうが、そうしてもらえますか？」

「そうしよう。それはそうと、紙コップに入ったオレンジジュースをきみは飲み干したのかな？」

「ちょっと薬の味がしたようだったけど、全部飲んじゃいました」

「何か体に異変はなかったかい？」

「加納という彼女が喋りはじめたころ、急にアドレナリンが多く分泌《ぶんぴつ》されたような感じがしました。オレンジジュースの中にスタミナ剤の溶液を入れられたんですかね？」

「何か興奮するような薬剤の粉末を混入されたんだろう。若い世代が協力し合って、この社会を改善しなければならないという気分になったんじゃないのか？」

「ええ、そういう気分になりました」

「わたしも何かしなければという気持ちになりましたね。欲の深い政治家、官僚、財界人は早く死ねばいいと思いました。それどころか、事故に見せかけて殺してやろうとさえ考えました」

「湯浅たちはセミナー参加者を興奮させて、信者にさせる気だったんだろうな」

「危ないとこだったのね」

「そうだな。『福音救済会』の奴らが入信をしつこく迫ったら、警察の力を借りたほうがいいね」

「ええ、そうします。『聖十字教』は解体されたわけですけど、教主だった衣笠満と幹部たちは死刑囚として東京拘置所にいるんでしょ？」

「そうだね。衣笠が築いた過激なカルト教団は消滅したが、分派の『福音救済会』の信者数は年々増えてる。『福音救済会』から枝分かれした形の『希望の灯』の信者も少しずつ増加してるようだ」

「『希望の灯』を率いてる奥寺という彼は、衣笠の悪行《あくぎょう》を認めて師とは訣別《けつべつ》したみたいだから、そんなには危険じゃないでしょ？　でも、『福音救済会』の湯浅代表はいまも衣笠満に帰依してる様子だったから、とんでもないことをやりそうだな。受付で本当の名前と住所なんか書かなければよかったわ」

「そんなに怯《おび》えることはないだろうが、勧誘されたら、警察に相談したほうがいいね」

「はい、そうします」

「ところで、湯浅か幹部信者が公安調査庁のことを話題にしなかった？」

三上は、男に質問した。

「いいえ、そういう話はまったく出ませんでしたね」

「そう」

「教団は当然、公安調査庁や警視庁の公安部にマークされてるんでしょうね。あっ、そういえば、先月の中旬に公安調査官が渋谷の裏通りでゴルフクラブで撲殺されたな」

「そうだったね」

「もしかしたら、『福音救済会』の関係者がその殺人事件に関わってるのかもしれませんよ」

「捜査本部は『福音救済会』の代表や幹部たちを調べたんだが、誰も事件には絡んでないという心証を得たらしいよ」

「そうなんですか」

男ががっかりした様子を見せた。

「いったん容疑が晴れた人間が、実は真犯人だったというケースは案外多いんだ」

「そうですか。それなら、捜査が甘かったとも考えられますね？」

「そうだな。二人とも、怪しげな無料セミナーには参加しないほうがいいね。犯罪者は善人ぶって他人《ひと》を騙すものなんだ。引き止めて悪かったね。サンキュー！」

三上は踵《きびす》を返し、プリウスに向かって歩きだした。

3

月が雲に隠れた。

闇が濃くなった。午後十時半を回っていた。

まだ教団本部にいるセミナー参加者たちは軟禁されてしまったのか。三上の胸を厭《いや》な予感が過《よぎ》った。そうだとしたら、救出しなければならない。

三上は車のドア・ロックを外そうとした。

そのとき、『福音救済会』の本部の門扉が開けられた。すぐに白いアルファードが走り出てきた。『人間セミナー』に参加した若い男女が車内にいた。

残っていた参加者の全員だった。一様に疲れた表情だったが、怯えの色はうかがえない。脅迫されたりはしなかったのだろう。

三上は、ひとまず安堵《あんど》した。運転者のほかに教団関係者は車内には見当たらない。アルファードは近くの駅に向かったと思われる。

三上は、もう少し張り込んでみることにした。

教団本部の前に黒塗りのベンツが停まったのは、十一時数分前だった。後部座席から降り立った四十代前半の男には見覚えがあった。

なんと『希望の灯』の奥寺健人代表だった。マスコミの報道によると、袂を分かってから湯浅と奥寺はまったく会うことはなくなったらしい。

どんな目的で、奥寺は反目している『福音救済会』の本部を訪れたのだろうか。ベンツにはドライバーしか乗り込んでいない。殴り込みではなさそうだ。

奥寺がインターフォンを鳴らした。

三上は静かに車を降り、教団本部に近づいた。門扉の十数メートル手前の暗がりに身を隠す。

「どなたでしょう？」

スピーカーから男の声が洩れてきた。

「モニターには、わたしの顔が映ってるはずだ。奥寺だよ。その声は尾崎《おざき》君だな？」

「気やすくおれの名を呼ぶなっ。裏切り者とは口も利きたくない」

「わたしが裏切り者だって？」

「そうじゃないか。あんたは教祖の衣笠先生を犯罪者だと記者会見で極《き》めつけた。だから、湯浅代表は怒《いか》ったんだ。もちろん、おれたち信者も頭にきた」

「尾崎君、物事を客観視しないといけないな。衣笠満に超能力が備《そな》わってることは否定しない。予知能力は凄いからな。科学では割り切れないが、並の人間じゃない。キリストの生まれ変わりと信じたいね」

「衣笠先生を呼び捨てにするな。先生は神なんだ。そんな師を罪人扱いするなんて、あんたはユダ以下だっ」

「尾崎君、少し冷静になれよ」

奥寺が穏《おだ》やかに諭《さと》した。

「血の気の多い弟子たちが幾つかの事件を起こしてしまったが、師は信者たちの暴挙はまったく知らなかったんだ」

「予知能力に長《た》けた衣笠が知らなかったって⁉　そんな言い訳は通用しないよ」

「あんたを殺すぞ、先生に尊称を付ける気がないんだったらな」

「衣笠満は偉大な指導者だよ。汚れきった社会を浄化したいと強く望んだあまり、アナーキーになりすぎてしまった。『聖十字教』が引き起こした事件の首謀者は衣笠だったんだよ。わたしは強く反対したんだが、押し切られてしまったんだ。湯浅は特に反対はしなかった。むしろ、衣笠の計画を支持してたようだったよ」

「湯浅代表まで呼び捨てにしやがって！　もう我慢ならん」

「いいじゃないか。彼は、湯浅はわたしよりも一歳年下なんだ。それに、教団内での位《くらい》も下だった」

「それは昔の話じゃないか。師が弟子たちの罪を被って囚《とら》われの身になってからは、湯浅代表が信者たちを引っ張ってきた」

尾崎が反論する。

「衣笠は弟子たちの罪を被ったわけじゃない。数々の凶行の主犯として捕まり、死刑の判決が下されたんだ。手を汚した幹部たちも死刑囚になったが、仕方ないな。それだけ罪深いことをしたわけだから」

「衣笠先生は何も罪を犯してないぞ」

「尾崎君、真実から目を逸《そ》らすな。一連の事件を計画したのは衣笠満だったんだ。それは事実なんだよ。警察や検察に嵌《は》められて死刑囚になったわけじゃないんだ」

「裏切り者がなんと言おうと、先生は無実だ。湯浅代表も、幹部信者たちの犯罪計画は知らなかったとおっしゃってる」

「そうじゃない。湯浅は何もかも知ってたんだよ。このわたしも同じだ。どちらも強硬には反対できなかった」

「代表が教主の共犯者なら、いまごろは囚人になってるはずだ。しかし、湯浅代表は任意同行を求められただけで……」

「衣笠は『聖十字教』が解散に追い込まれたときは、側近中の側近だった湯浅とわたしが長く服役しないようにするため、幹部信者たちに……」

奥寺が声を低めて、言葉を濁《にご》した。

「師は幹部信者たちに、湯浅代表とあんたの罪を被れと言い含めたというのか⁉」

「そうなんだ。インターフォン越しに、いつまでも際《きわ》どい遣《や》り取りはしてられない。湯浅が本部に戻ってることはわかってる。相談したいことがあるんだ。わたしを中に入れてくれ。単身で本部に入るんだから、そう警戒することはないだろうが？」

「どんな相談をする気なんだ？」

「とにかく、湯浅に会わせてもらいたい」

「代表はあんたのことを軽蔑してる。会う気はないと思うよ。だから、帰ってくれっ」

「帰るわけにはいかない。インターフォンの受話器を湯浅に渡してくれないか。彼と話がしたいんだ」

「断る！」

「インターフォン越しでもいいから、話し合いをさせろっ。聞き入れなかったら、切れ目なくインターフォンのボタンを押しつづけるぞ」

「しつこい男だ！　少し待ってろ」

尾崎の声が途絶《とだ》えた。

ややあって、スピーカーから男の硬い声が流れてきた。

「湯浅ですが……」

「しばらくだな。湯浅、きみに提案したいことがあるんだ」

「いまさら何を言ってるんですっ。奥寺さんはわたしの方針にことごとく反対して、結束を乱した。わたしは獄中にいる教主の指示に従って、『福音救済会』を運営したかったんですよ。あなたは教団の共同代表でありながら、信者たちを混乱させるような発言ばかりしてた」

「そう受け取られても仕方ないような言動をとってたのは確かだが、それは……」

「そんな話は、もう聞きたくない。あなたは入信した時期が早く、長いこと一番弟子として教主に目をかけられてた。しかし、解散前には師に疎《うと》まれるようになった。二番弟子だったわたしに凌《しの》がれてしまったという悔《くや》しさがあったんで、師の方針に逆《さか》らったんでしょ？」

「わたしは、そんなに器《うつわ》の小さな人間じゃないよ。リスペクトしてた衣笠満が追いつめられたテロリスト集団のボスのようなことをやりはじめたんで、反省を促《うなが》したんだ」

「思い上がったことを言うな！　師を侮辱《ぶじょく》したら、絶対に赦《ゆる》さないぞ」

「湯浅、衣笠が信者たちを間違った方向に導いてしまった事実を認めて、そこから再出発しようじゃないか？」

「師の教えに誤《あやま》りなんか一つもなかった。一部の幹部たちが暴走してしまっただけでしょうが！」

「きみは、そうやって現実から目を逸らしつづける気なのかっ。湯浅、出直そう。わたしだって、教典そのものを否定してるわけじゃない。しかし、衣笠満は功を急ぐあまり大きなミスをしてしまった」

「師は罪人なんかじゃないっ」

「湯浅、衣笠満を庇《かば》いつづけることはできないんだ。偉大な指導者を反面教師として、新たな一歩を踏みださないか。師の教えや理念は基本的には正しいんだ。社会のシステムを再構築する必要があることは間違いないよ」

「………」

「わたしは湯浅と袂を分かったわけだが、いがみ合いつづけるのは生産的じゃない。そこで提案なんだが、『希望の灯』の信者たちを引き連れて、『福音救済会』に戻ってもかまわない。ただし、師の指示に問題があれば、それには従わないようにする。是々非々主義でいこうじゃないか」

「裏切り者と手を組む気はないね」

「湯浅、意地の張り合いはやめよう。そして、衣笠満の教えを全国の若い世代に広めようじゃないか」

奥寺が熱っぽく語りかけた。

湯浅は何も答えなかった。無言でインターフォンの受話器をフックに戻した。

奥寺が舌打ちして、インターフォンのボタンを押しつづける。意地になっているようだった。

気の短い信者たちが血相を変えて、いまに外に飛び出してくるのではないか。三上は、そう予想した。

だが、意外な展開になった。十分ほど経過すると、加納美寿々がひとりで表に出てきた。

「きみは湯浅のメッセージを伝達しに来たんだね？」

「はい。代表は奥寺さんが師と仰いでる衣笠先生を貶《おとし》めたことは生涯、忘れないと申してます」

「結果的には衣笠満を貶めることになるのかもしれないが、わたしは宗教家としての良心を封じ込めることはいけないと強く思ったんだ。だから、師の邪念を抉《えぐ》ったんだよ。そんなことをしたら、衣笠に嫌われることはわかってたさ。しかし、真実に目をつぶったら、信者仲間を騙《だま》すことになる。だから、あえて嫌われ者になったんだよ」

「偽善者っぽく聞こえますね」

「えっ、偽善者っぽく聞こえる？　そうか、きみは父親の偽善ぶりに耐えられなくなって、家出同然に『福音救済会』に入信したんだったな。複数の教え子と不倫してた親父《おやじ》さんが上から目線で物を言うたびに、反吐《へど》が出そうになったと言ってたね。世間体を考えて夫と離婚しなかった母親も軽蔑してたんだろ？」

「わたしの個人的なことは関係ないじゃありませんか」

「もう少し喋らせてくれ。きみが両親に愛情を持てないことはよくわかるよ。何か生きる支えがほしくて入信したんだろうが、湯浅の話を鵜呑《うの》みにするのは危険だな」

「奥寺さん、話をすり替えないでください」

「すり替えてなんかいない。きみの年齢ではリアルタイムでは衣笠が幹部信者たちに命じてやらせた犯行を知らないわけだが、陰謀のシナリオを書いたのは……」

「衣笠満先生は、警察、検察庁、裁判所に嵌められてしまったんです。過激な犯行に走ったのは一部の幹部信者ですよ」

「きみは育ちがいいから、他人を疑うことがないんだろうな。湯浅が言ったことをそのまま信じてしまったのか」

奥寺が言って、長く息を吐いた。

「あなただって、衣笠先生が逮捕されたときは一連の事件に師は関与していないと記者たちに息巻いてたじゃないですかっ」

「確かに、そうだったね。後ろめたさを感じながら、そうコメントしてたんだ。凶行の首謀者が衣笠だと告白してしまったら、多くの信者たちが『聖十字教』から離れる。わたしはね、それを恐れたんだよ。師が命懸《が》けで社会を根本から変えたいと願ってることは痛いほど感じ取れたね。でもね、焦りすぎてたんで人の道を外してしまったんだ」

「…………」

美寿々は黙ったままだった。

「教祖の過《あやま》ちを隠しつづけることは罪深いと思うようになったんだ。わたしは、そのことを折に触れて湯浅に話した。彼は本当のことを信者に教えたら、衣笠の側近以外の者は教団を去るにちがいないと頭を抱え込んだ」

「………」

「だからといって、事実や真実に蓋《ふた》をしてはいけないんだ。宗教家だという自覚があったら、決して信者たちを欺《あざむ》いてはいけないんだよ。わたしは湯浅を説得しつづけた。しかし、彼は『聖十字教』の直系の分派が瓦解《がかい》するのではないかという強迫観念《きょうはくかんねん》を払いのけることができなかった」

「わたしは湯浅代表の言葉を信じています。ほかの信者さんたちも同じだと思いますよ」

「すっかり洗脳されてしまったようだな。湯浅は人間の心理を深く研究してきたから、信者たちのハートをぎゅっと摑む。それでも思いが伝わらなかったときは、『聖十字教』のころに衣笠がよく使ってたＦＢＩが開発した精神攪乱剤《かくらんざい》を用《もち》いてたんだろう。あのマインドコントロール剤は効き目があったからな。相手の体にマイクロチップを埋め込んだり、骨伝導マイクを使って信者の心を操ってもいたが、アメリカ生まれの精神攪乱剤が最も効果があったんだ」

「そうみたいですね」

「衣笠満には幾つか特殊能力があるが、水の上を歩いたり、空を鳥のように飛ぶことなんかできない。もちろん、信者たちの心を完全に支配することもできたわけじゃない。疑り深い信者がいたら、そういう相手にはマインドコントロール剤を使用してたんだ」

「そうなんでしょうか」

「でも、信者の勧誘がうまくいかないときは湯浅は飲みものに幻覚剤や興奮剤を混ぜてるよね。わたしが『福音救済会』の共同代表を務めてたころは、ちょくちょくその手を使ってたんだ」

「そうですか」

「そのことでも、わたしは反省してる。しかし、当時は『福音救済会』の信者を少しでも多く増やして、衣笠の教えを広めたいと願ってたんだ。いまから考えると、実に卑怯な手を使ったもんだね」

「…………」

「いまも湯浅は信者の勧誘に幻覚剤や興奮剤を使ってそうだな。きょうも錦糸町で『人間セミナー』を開いて、参加者に無料のジュースを配ったんだろ？」

「奥寺さんがなぜ知ってらっしゃるんですか!?　『福音救済会《うち》』の信者を抱き込んで、こちらの動きを探ってるみたいですね」

「そんなアンフェアなことはやってないよ。『福音救済会』と『希望の灯《ち》』は、兄弟みたいなものじゃないか。お互いの動きは、それとなくわかるものさ」

「そうでしょうか」

「そちらにスパイなんか送り込んでないから、安心してくれないか。それより、きみは五月十四日の夜に渋谷の裏通りで撲殺された公安調査庁関東公安調査局の新井創主任調査官に抱き込まれてSをやってたと思ってたんだが、実はダブルスパイだったんだね」

奥寺が言った。美寿々が小さく呻き、全身を強張《こわば》らせた。

三上は教団本部にさらに寄り、耳に神経を集めた。

「わたし、スパイ行為なんかしてません。奥寺さん、おかしなことを言わないでください。あらぬ疑いをかけられたら、迷惑です」

「わかってるんだよ。公安調査庁の立ち入り検査の日程がたびたび事前に漏れたこともわたしの耳に入ってる。それだけじゃない」

「えっ⁉」

「きみが新井主任調査官と二人だけで人目のない場所で時々、会ってたことも知ってるんだ。湯浅に頼まれて、公安調査庁のSに取り込まれた振りをしつつ、ダブルスパイの任務をこなしてたんだね？」

「わたし、まるで身に覚えがありません」

「なんなら、その証拠を見せてもいいんだよ」

「…………」

「今度は肯定の沈黙だろうな。湯浅に惚《ほ》れてしまったんだろうな。それで、体を張る気になったんじゃないの？　恋愛は、先に相手を好きになったほうが負けだね。好きな相手に何かを頼まれたら、やっぱり断れない。それにしても、湯浅は惨《むご》いことをやるもんだな」

「それ、どういう意味なんでしょう？」

「彼は独身だが、異性愛者のように振る舞ってるよね？」

「そうじゃないんですか!?　両性愛者《バイセクシュアル》なんですか？　奥寺さん、教えてください。あなたから聞いたとは誰にも言いませんから」

「プラトニッククラブなんだろうが、きみは湯浅にすっかり心を奪われてしまったようだな。残酷なことは言いたくないな」

「代表は同性にしか興味がないんですね？」

「そうなんだ。湯浅は、衣笠と一緒に東京拘置所に収監されてる死刑囚のひとりと愛し合ってるんだよ。その男は衣笠のブレーンのひとりで、教主には四番目に目をかけられてた。師をキリストの生まれ変わりと信じきってたから、殺人指令をためらいなく実行したんだ」

「わたしは代表に認められたくて、公安調査官の新井創に接近してSに取り込まれた振りをして、先方の情報を摑んで……」

「湯浅に報告してたんだね？」

「ええ」

「きみの恋情につけ入るなんて、汚いことをやるもんだ」

奥寺が言って、上着の内ポケットから折り畳み式のナイフを摑み出した。

フォールディングナイフの刃は、すぐに引き起こされた。刃渡りは十二、三センチだろうか。切っ先が美寿々の首筋に当てられる。

美寿々が悲鳴をあげた。

「な、何を考えてるんです？」

「わたしの言う通りにしてくれたら、きみを傷つけたりしない。携帯かスマートフォンを持ってるかな？」

「スマホを持ってます」

「そう。湯浅に電話をかけて、すぐに表に出てくるよう言ってくれ。首にナイフを突きつけられてることを告げれば、渋々でも命令に従うだろう。すぐに電話をしてくれないか」

奥寺が急《せ》かした。

美寿々が上着のポケットからスマートフォンを取り出し、震え声で湯浅に状況を説明した。通話時間は一分弱だった。

「彼は、すぐ表に出てくるね？」

「どうしても手を離せないことをしてるんで、奥寺さんとゆっくり話してる時間はないと……」

「なんて男なんだ。きみはうまく利用されて、見殺しにされようとしたんだよ。教団の建物に戻って、湯浅の急所を思いっ切り蹴り上げてやればいい」

奥寺が優しく言って、フォールディングナイフの刃を畳んだ。

加納美寿々が夢遊病者のような足取りで、『福音救済会』の内庭に入っていった。門扉はすぐに閉ざされた。奥寺がベンツの後部座席に乗り込む。高級外車が走りだした。

今夜は、湯浅と美寿々はもう外出しないだろう。きょうの捜査は打ち切ることにした。

三上はプリウスに駆け寄った。

4

部屋のインターフォンが鳴った。

朝食を食べ終えたときだった。恋人の沙也加が出勤前に立ち寄ったのか。

三上はそう思いながら、ダイニングテーブルから離れた。時刻は八時過ぎだった。

インターフォンの壁掛け型の受話器は近くに設置されている。だが、三上は玄関ホールに向かった。

ドア・スコープに片目を押し当てる。来訪者は検察事務官の岩佐だった。

三上は急いでチェーン・ロックとシリンダー錠を外してドアを開けた。

「どうした?」

「朝早く訪ねて、すみません。先輩の支援捜査に絡む情報を少し集めてみたんですよ」

「早速、動いてくれたのか。岩佐、自分の仕事を後回しにしてるんじゃないだろうな?」

「ルーチン・ワークはちゃんとこなしてます」

「そうか。ま、入ってくれ」

「お邪魔します」

岩佐が入室し、後ろ手にドアを閉めた。

三上は後輩をリビングソファに坐らせ、客用のマグカップにコーヒーを注いだ。ほどなく二人は向かい合った。

三上は前日の経過を手短に話した。

「『福音救済会』の湯浅代表はいまも衣笠満に帰依してますんで、奥寺健人の裏切りが赦《ゆる》せないんでしょうね」

「そうなんだろう。『希望の灯』には千五、六百人の信者がいるんだが、勢力を拡大できないんじゃないか。それで、奥寺は信者ごと古巣に戻る気になったんだと思うよ」

「ええ、そうなんでしょうね。でも、二人の代表は痼《しこ》りを抱えたままですから、湯浅は奥寺の提案を受け入れないでしょう」

「ああ、多分な。それはそうと、どんな情報を摑んでくれたんだ？」

「『福音救済会』は意外な団体と繋《つな》がりがありました。湯浅代表は極右団体『報国義勇隊《ほうこくぎゆうたい》』に世話になったことがあるんですよ。三年半ほど前、湯浅たちは暴力団の組長の娘を強引に入信させようとして、父親に三億円の迷惑料を払えと脅迫されたんです」

「その組はどこなんだ？」

「関東誠友会《せいゆうかい》の黒磯《くろいそ》組です。同会は東日本で四番目に勢力を誇ってますが、黒磯組は中核組織なんです」

「おれも、そのことは知ってるよ。確か組長の黒磯猛《たけし》は五十代半ばで、三十代のころに関西の極道を段平《だんびら》で叩き斬って、殺人囚として服役したんじゃなかったか？」

「先輩、よくご存じですね。暴力団係《マルボウ》でも、そこまでは記憶してないでしょ？」

「事件発生当時はまだ十代の半ばだったんだが、犯行の手口が残忍だったんで、黒磯組のことは憶えてたんだ。黒磯は斬殺した相手の眼球を刃先で抉《えぐ》り出し、腸《はらわた》をせせり出すようなことをしたんだよな？」

「そうみたいですね。黒磯は少年のころから手のつけられない悪党《ワル》で、武闘派やくざとして裏社会でのし上がったようです。凶暴な筋者《すじもの》で知られた男ですが、自分の子供たちは溺《でき》愛《あい》してきたようです」

「無法者で、そういう奴は意外に多いようだ。自分が親の愛情に飢えて育ったんで、自分の子を異常なかわいがり方をするんだろうな」

「そうなんでしょうね。黒磯は湯浅が脅迫に屈しないとわかると、組員たちに『福音救済会』の幹部三人を拉致させ、鋏《はさみ》で人質の両耳を切り落とさせて十億円の詫び料を要求したようです」

「十億円も要求したのか。教団の幹部三人がそんな目に遭《あ》わされたんなら、湯浅は黒磯を黙殺できなくなったんじゃないか」

「そうなんですよ。いただきます」

岩佐がコーヒーを一口《ひとくち》啜《すす》って、言い継いだ。

「湯浅代表は裏社会に精《くわ》しい人物を探し出して、黒磯と親交の深い人物を調べてもらったんだな？」

「そうです。黒磯は殺人囚として服役中に、後《のち》に『報国義勇隊』を結成した柏《かしわ》竜太郎《りゅうたろう》と同じ雑居房で寝起きしてたんですよ。現在、六十四歳の柏は一匹狼の総会屋として大企業に恐れられてたようです。大手生保会社がそれなりの挨拶をしなかったことに腹を立て、柏はその会社の重役にガソリンをぶっかけて焼き殺そうとしたんですよ。たまたま通行人が事件に気づいて、重役は大火傷を負っただけで済んだんですけどね」

「柏は殺人未遂罪で服役することになったわけか」

三上は言って、セブンスターをくわえた。

「そうです。黒磯と柏は凶暴な性格だから、気が合ったんでしょうね。服役後、二人は兄弟盃《さかずき》を交わしました」

「そう。元総会屋の柏は、いわゆる利権右翼なんだろ？」

「そういう側面もあると思いますが、警視庁公安部は『報国義勇隊』を行動右翼団体に指定してます。柏自身は関与を認めませんでしたが、配下の者が左翼系文化人を刺殺してます。民自《みんじ》党の総理大臣経験者たちが会食してた料亭にダイナマイトを投げ込むという騒ぎを起こしてますね、柏竜太郎は」

「ただの利権右翼ではないのかもしれないが、柏が元総会屋なら、企業恐喝めいたこともしてそうだな」

「隊員は六十数人ですが、柏竜太郎が喰わせてるみたいですから、おそらく先輩が言われたように大企業の不正や役員のスキャンダルを強請《ゆすり》の材料にして……」

「だろうな。湯浅は黒磯が柏と親しいということを知って、『報国義勇隊』の親玉に手打ちの労を取ってくれないかと頼み込んだわけか？」

「そうなんですよ。柏は黒磯をなだめて、矛《ほこ》を収めさせたんです。『福音救済会』は相応の詫び料を黒磯に払い、仲裁役を買って出た柏にも多額の謝礼を渡したはずです」

「その額まではわからないんだな」

「ええ、そこまではわかりませんでした。しかし、億以下ということはないと思います。黒磯に二億、柏にも一億ぐらいは払ってるんじゃないですか。先輩、どうでしょう？」

「その程度は払ってそうだな。二人分で、約三億か。信者たちの浄財だけでは、とても調達できなかっただろう。『福音救済会』は何か違法ビジネスで荒稼ぎしてるんじゃないか」

「自分も、そう睨んでます」

岩佐が言って、またコーヒーを飲んだ。三上は、短くなった煙草の火を灰皿の底で揉み消した。

「岩佐、殺された新井創は『福音救済会』の非合法ビジネスの証拠を摑んでたとは考えられないか。どう思う？」

「それ、考えられますね。加納美寿々がダブルスパイだったことを事件の被害者に見抜かれたからって、それだけの理由で『福音救済会』が公安調査官を亡き者にするとは考えにくいでしょ？」

「そうだな。しかし、そうだとすれば、殺害された新井はその証拠を本庁公安部に提供するんじゃないか。公安調査官に捜査権はないが、本庁公安部が『福音救済会』を解散に追い込んでくれれば、新井の手柄になる」

「ええ、そうですね。新井はそうするつもりでいたんだが、その前に命を奪われてしまったのかもしれませんよ」

「そういうことも考えられなくはないな。実行犯は教団の信者だったのか。それとも、犯罪のプロだったんだろうか」

「去年、柏竜太郎の甥《おい》が結婚したんですが、その披露宴に湯浅が列席したという情報もあるんですよ」

「仲裁を頼んだ後も、湯浅は『報国義勇隊』を率《ひき》いてる柏竜太郎とつき合いがあったのか。だとしたら、湯浅は柏の配下に新井創を片づけてもらった疑いもあるな」

「そうですね」

「岩佐、湯浅は黒磯組の組長ともつき合いがあったんじゃないのか」

「その点については情報を集めなかったんですが、その可能性はあると思いますね。湯浅のほうは闇社会の人間とつき合うことは避けたかったでしょうが、黒磯にとっては甘い汁を吸えるカルト教団の代表と妙なことで縁ができたわけですから、逃《のが》したくないと考えるでしょう」

「そうだろうな。湯浅にしても、違法ビジネスで荒稼ぎしてたら、黒磯組を用心棒《ケツモチ》にしておいて損はないと考えるんじゃないか」

「そうなんでしょうね。となると、捜査本部事件の加害者は柏の配下か黒磯組の下っ端のどちらかっぽいな」

「そう疑えるが、まだ結論を急ぐのは早すぎる。意外なからくりがあるかもしれないじゃないか」

「ええ、そうですね」

「単純に思える殺人事件こそ、実は背景が複雑だったりする。慎重に事実の欠片《かけら》を拾い集めていくべきだろう」

「おっと、予定よりも長居してしまったな」

「岩佐、車で職場まで送るよ」

「でも、身支度をしなきゃならないんでしょ？　先輩、髭が少し伸びてますよ。自分、これで失礼します。電車のほうが早く職場に着けそうなんで……」

岩佐が立ち上がり、あたふたと部屋から出ていった。

三上は岩佐を見送ると、洗面所に足を向けた。髭を剃り、頭髪をブラシで整える。整髪料は使ったことがない。いつも洗い髪を自然乾燥させたままだった。

三上はベッドルームに入り、外出着をまとった。綿のジャケットを羽織る前にショルダーホルスターを着用し、シグ・ザウエルＰ230を携帯する。予備のマガジンクリップは持たなかった。

上着は、いつもゆったりとしたサイズの物を選んでいる。細身のジャケットでは、ホルスターが目立ってしまう。

三上は部屋の戸締まりをしてから、自室を出た。エレベーターで地下駐車場に下《くだ》り、プリウスの運転席に乗り込む。

午前中から『福音救済会』の本部に張りつくつもりだったが、予定を変更して被害者の実家に行くことにした。

三上は捜査資料で新井が育った家が横浜市都筑区池辺町《いこのべ》にあることを確認してから、プリウスを走らせはじめた。

瀬田《せた》方面に進み、環八《かんぱち》通りをたどって第三京浜《だいさんけいひん》に乗り入れる。四十五号線を道なりに進むと、池辺に達した。

三上は花屋に立ち寄り、白菊を買い求めた。車に戻って、新井宅をめざす。

被害者の実家は新興住宅街の近くにあった。新井の祖父母の代から住んでいる邸《やしき》は大きかった。敷地は三百坪以上ありそうだ。大谷石《おおやいし》の塀が巡らされている。

三上は専用捜査車輛を新井宅の石塀に寄せ、仏花を抱えて門に歩み寄った。

インターフォンを鳴らす。少し待つと、女性の声で応答があった。

「どちらさまでしょう？」

「警察の者です。三上といいます。渋谷署に置かれた捜査本部の支援要員なんですよ」

「ご苦労さまです。わたし、創の母親の千津《ちづ》です。みなさんにはお世話になっています。犯人が捕まったんですか？」

「そうではないんですよ。申し訳ありません」

「いいえ。早とちりしてしまいました。お気を悪くしないでくださいね」

「ええ、大丈夫です。捜査が思うように進まないんで、再聞き込みをすることになったんですよ。ご協力願えますでしょうか」

「もちろんです。門の扉の内錠は掛けてませんので、どうぞポーチまでお越しになってください」

「それでは、お邪魔します」

三上は新井宅に足を踏み入れ、踏み石をたどった。広い庭は和風だった。庭木がバランスよく植えられ、築地《ついじ》も見られる。苔《こけ》むした庭石には趣《おもむき》があった。

ポーチに達すると、玄関のガラス戸が開けられた。対応に現われた新井千津は着物姿だった。捜査資料によれば、故人の母親は五十九歳のはずだ。

しかし、三つ四つ老《ふ》けて見える。子に先立たれた心労のせいではないか。

「前触れもなく訪ねてきたことをまずお詫びします」

三上は警察手帳の表紙だけを短く呈示《ていじ》した。

「いっこうに構いません」

「後れ馳《ば》せながら、お悔み申し上げます。お話をうかがう前に、お線香を上げさせてもらえますか。この白菊を……」

「お気遣いなさらないでください」

千津は白菊の束を受け取ると、客を請《しょう》じ入れた。

三上は、階下の奥にある仏間に通された。十二畳の和室だった。仏壇は驚くほど立派な造りだ。金箔《きんぱく》がふんだんに使われていた。

仏壇の前に白布の掛かった台が置かれ、その上に故人の骨箱と遺影が並んでいる。花と供物《くもつ》は多かった。

三上は正坐して線香を手向《たむ》けた。

遺影は透明な笑顔だった。みじんの暗さもなかった。三上は遺影をしばし見つめてから、両手を合わせた。瞼《まぶた》を閉じ、被害者を弔《とむら》う。

斜め後ろで、千津が嗚咽《おえつ》を洩らした。悲しみが込み上げてきたのだろう。

三上はしばらく振り向かなかった。

「ごめんなさい。息子がこんなに早く亡くなるなんて思ってもなかったんで、創の無念さを想像したら……」

「当分、お辛《つら》いでしょうね」

「ええ。でも、現実を受け入れて息子の分まで夫ともども長生きしないとね。それが最大の供養《くよう》になると思うんですよ」

「ご主人は精密機器メーカーの役員をなさってるんでしたね」

「ええ。仕事に熱中することで悲しみを紛《まぎ》らわせたいみたいで、いつも朝早く出勤してるんですよ」

「そうですか」

「もう大丈夫ですよ、こちらを向かれても。いただいた白菊、後で活《い》けさせてもらいます」

千津が言った。三上は体の向きを変え、黒漆塗《くろうるしぬ》りの大きな坐卓に近づいた。

故人の母親が手早く日本茶を淹《い》れる。

「どうかお構いなく」

「粗茶を差し上げるだけです。それで、何から喋ればいいんでしょう?」

「こちらでいろいろ質問させていただきますので……」

「それにお答えすればいいんですね?」

「はい。創さんは定期的にご実家に顔を出されてたようですが、そのときに仕事に関することを話されたりしてました?」

三上は本題に入った。

「仕事に関することは身内にも喋ってはいけないという不文律《ふぶんりつ》があったみたいで、めったに話したことはありませんでしたね。それでも、社会には危険分子がどこに潜《ひそ》んでるかわからないから、やたら他人を信用するのはよくないという意味のことをぼそっと呟いたことはありました」

「そうですか。別の捜査員が最初の聞き込みの際《さい》に言ったかもしれませんが、息子さんはあるカルト教団の女性信者をスパイに仕立てたようなんですよ」

「そのことはちらりと聞きましたが、詳しくは教えてくれなかったの」

「そうですか。実は、創さんが抱き込んだ相手はダブルスパイの疑いが濃いんですよ。公安調査官にわざと抱き込まれた振りをして、逆に……」

「息子から公安調査庁の内部情報を引き出してたんですね？」

「ええ。S《エス》と呼ばれてる抱き込み要員は、セクシーな美人なんですよ。息子さんは女馴《な》れしてました？」

「いいえ、女性に関しては晩生《おくて》でした。創は色香に惑わされて、うまく利用されてしまったにちがいないわ。刑事さん、その美しいダブルスパイが公安警察にマークされることを恐れて、信者仲間の誰かに息子を撲殺させたんではないのかしら？」

「そういう疑惑はあるんですが、カルト教団の信者の中に怪しい人物は現在のところ……」

「いないのね？」

「ええ。問題のカルト教団は、荒っぽい奴に殺人を依頼したとも考えられます。息子さんが暴力団員らしい男に尾《つ》けられたことはなかったんでしょうか？」

「そういうことはなかったと思いますよ。でも、一度、丸刈りの男がここに来て、わたしに息子から何か預かってないかと怖い顔で訊いたわ。別に何も預かってないと答えますと、小首を傾《かし》げながら帰っていきましたけどね」

「そいつが訪ねてきたのは、いつのことなんです？」

　三上は早口で問いかけた。

「三月の十日前後だったですかね。軍靴みたいなごっついワークブーツを履《は》いて、パーカの上に戦闘服のようなハーフコートを重ねてたの。ちょっと右翼っぽい若者でした。二十一、二なんじゃないかしら」

「そうですか。その男がその後、このお宅の周辺をうろついてたことはありました？」

「なかったわ、そういうことは。創は危ないことを企《たくら》んでる集団の致命的な犯罪の証拠を握ったんで、殺されてしまったんでしょうか。多分、そうなんでしょうね。息子は職場での人間関係で悩んでる様子なんかありませんでしたし、友人ともトラブルを起こしてなかったんです。昔はともかく、ここ数年は交際してた女性なんかいなかったわ」

千津が言った。

「ダブルスパイのいるカルト教団が怪しいんですが、息子さんは別のテロリスト集団が右翼団体の犯罪の証拠を握ったことで、不幸な亡くなり方をしたのかもしれません」

「そういうことも考えられるかしら。まさか味方が息子を殺害したんじゃないわよね。そんなことはないと思いたいけど、あり得ないとは言い切れないわ。創はカルト教団の美人信者がダブルスパイだと看破《かんぱ》できなかったんでしょ？　公安調査庁の内部情報が危険なことを考えてるグループに知られたことは、大きな失点ですよね？」

「そうですが、そのことで職場の仲間が創さんを抹殺するなんて考えられませんよ」

三上は笑い飛ばし、湯呑《の》み茶碗を摑み上げた。

「ええ、そうよね。息子は脇が甘かったわけでしょうけど、上司や同僚に殺されるはずないわ。ね？」

「ええ」

「でも、公安警察が創を殺害したのかもしれないわね。公安警察は陰で違法捜査をやったり、とんでもないことをしてるらしいから。生前、息子は公安警察は恐ろしいと洩らしたことがあったんですよ」

「そうなんですか」

「カルト教団の美人信者の罠に嵌まってしまった息子の失点を見逃すことができないんで、公安警察の秘密組織が……」

「お母さん、それはあり得ませんよ。警察はそこまで腐ってません。ご協力に感謝します」

三上は坐卓に両手を掛け、勢いよく立ち上がった。そのまま仏間を出て、玄関ホールに向かう。

背後で、千津が謝罪した。三上は聞こえなかった振りをして、振り返らなかった。警察関係者が疑われたことは、やはり面白くなかった。三上は足を速めた。

第三章　無法者たちの影

1

具は鮭だった。

三上は、二個目のおにぎりを頬張りはじめた。張り込み中だった。

プリウスは、『福音救済会』から四十メートルあまり離れた路肩に寄せてあった。間もなく午後一時半になる。

三上は被害者の実家を後《あと》にすると、近くにあるコンビニエンスストアで三個のおにぎり、五つの調理パン、缶コーヒー、ペットボトル入りの日本茶などを購入した。それから当地に来て、張り込みを開始したのである。

だが、マークした教団本部にはまったく人の出入りはなかった。三上は、数十分前に伏見刑事課長に電話で黒磯猛と柏竜太郎のことを報告してあった。

伏見が二人の個人情報を収集し、後でメールを送信してくれることになっていた。そろそろメールが届くのではないか。

三上は鮭入りのおにぎりを胃袋に収めた。最初に食べたおにぎりの具は鱈子《たらこ》だった。残りは昆布入りのおにぎりだ。

三上は三個目のおにぎりを平らげ、緑茶を喉に流し込んだ。まだ満腹感は得られない。コンビニエンスストアの袋から調理パンを掴み出そうとしたとき、懐で私物の携帯電話が振動した。任務中は、いつもマナーモードにしてあった。

三上は私物のモバイルフォンを掴み出した。

ディスプレイを見る。発信者は高梨沙也加だった。

「支援捜査は順調に進んでる？」

「まだ二日目だから、これといった手がかりは得られてないんだ」

「そうでしょうね。例によって、わたし、報道部にもっともらしい口実で出入りしたのよ。それでね、公安調査官だった新井創が『福音救済会』の美人信者と深夜レストランの個室で会ったり、同じ水上バスに乗り合わせた事実を知ったの」

「二人はよく水上バスに乗船してたって？」

「そうなのよ。江東《こうとう》区営の水上バスの運河コースと臨海コースを利用することが多かったみたいね。運河コースの平日便は亀戸から夢《ゆめ》の島《しま》の間を一日に二便往復してるんだって」

「臨海コースには、東京湾ルートが含まれてるんじゃなかったかな」

「黒船橋《くろふねばし》から出航して夢の島を巡って戻るコースと高橋《たかばし》から出るコースがあるんだけど、どちらも東京湾ルートがプラスされてるらしいの」

「そうか。二人は船室や甲板《デッキ》で、情報を交換してたんだろうな」

「でしょうね。新井創と加納美寿々は、ほかに隅田川《すみだがわ》ラインや葛西《かさい》臨海公園ラインの水上バスにも乗船してたみたいよ。いつも同じ船に乗ってると、怪しまれると思ったんじゃないかしら？」

「そうなんだろうな」

　三上は答えた。

「被害者は美寿々の色仕掛けに引っかかってしまったんだと思うけど、二人はどうも一線は越えてないみたいなの。キスぐらいはしたんだろうけど、うちの記者たちは二人がホテルで密会してたという裏付《ウラ》けは取ってないのよ」

「そうか」

「十代のカップルではないのに、キスしかしてなかったなんてね。美寿々はうまく焦《じ》らしつづけてたのかな。だとしても、新井は初心《うぶ》すぎるんじゃない？」

「おれは午前中に新井の実家に行って、おふくろさんに会ってきた。被害者は女に関しては晩生だったという話だったよ。美寿々を抱きたいと思ってたが、積極的には迫れなかったんだろうな」

「草食系男子だったのか」

「ああ、多分な。それに、どうも美寿々は教団の湯浅代表に惚れてるようなんだ」

「そういうことなら、新井に抱かれるわけにはいかないわね。浮気になっちゃうから」

「いや、美寿々と湯浅は深い仲じゃないと思われるんだよ」

「そうなの。美寿々はガードが固いようね」

沙也加が小さく笑った。三上は、湯浅が同性愛者らしいことを喋った。

「好きになった男がゲイだったなんて最悪ね。悲劇だわ」

「そうだな。美寿々はショックを受けただろうが、教団の代表を尊敬する気持ちは変わらなかったんだろう」

「湯浅渉は、獄中にいる衣笠満の後継者みたいな存在だから、リスペクトしちゃってるんでしょうね。大学教授の娘がなぜ衣笠の胡散《うさん》臭さを感じ取れなかったのかな。そんな教主の側近だった湯浅の考え方もおかしいと気づきそうだけどな」

「美寿々の父親は女にだらしがないくせに、偉そうなことばかり言ってたようなんだ。そんな偽善者を嫌って、美寿々は『福音救済会』に入信したらしいんだよ」

「謙さん、その情報はどこから？」

沙也加が問いかけてきた。

「奥寺と美寿々の会話を盗み聞いて知ったんだよ」

「そうなの。父親の人間性に問題があったら、反抗的な生き方をしたくなるだろうな。加納美寿々は、ある意味では純粋なんだと思うわ。だから、怪しげなカルト教団に引っかかったんでしょう」

「そうなんだろうな」

「入手した情報はもう一つあるの。殺人事件には関係ないんだろうけど、加納美寿々は元信者の男性に一年ほど前からストーカー行為を受けてて、小松川署に相談に行ったことがわかったの。湯浅代表に付き添われて所轄署に行ったみたいよ」

「美寿々は容姿が整ってて、色気もある。信者仲間の男たちにはモテてるんだろう。そのストーカーのことはわかってるのかな？」

「鶴岡一仁《つるおかかずひと》、二十八歳。一年数カ月前に『福音救済会』を脱会して、派遣で建設工事現場の後片づけをしてるらしいの」

「そいつの住まいはどこにあるんだい？」

「以前は田端《たばた》のアパートを借りてたようなんだけど、家賃を四カ月分滞納したんで……」

「部屋を追い出されたんだな？」

「そうみたいよ。いまはカプセルホテル、サウナ、ネットカフェなんかに寝泊まりしてるそうなの」

「その鶴岡って男は、しょっちゅう教団本部の周辺をうろついてるわけか」

「ほぼ一日置きに東小松川の教団本部に現われて、加納美寿々に会わせろと信者たちに迫ってるらしいわ。湯浅の側近だった自分は美寿々と婚約してるんだと妄想じみたことを口走って、何時間も立ち去ろうとしないという話だったな。頭がおかしいんじゃないのかしら？」

「そうかもしれないな。教団関係者が一一〇番したこともあったんだろう」

「十回近くパトカーが来たらしいわ。警察官に説諭《せつゆ》されると、数日は姿を見せなくなるそうなの。でも、そのうち鶴岡は教団にやってきて、加納美寿々が外出するたびにつきまとって離れないんだって。信者たちが叱《しか》りつけると、鶴岡というストーカー男は隠し持ってた西洋剃刀《かみそり》を振り回したらしいのよ」

「そうか。しかし、その男が教団の誰かに頼まれて新井創を殺《や》ったとは考えにくいな」

三上は言った。

「鶴岡のことを知ったときは、わたしもそう思ったのよ。でも、『福音救済会』は事件の被害者に美寿々がダブルスパイだったことを見破られてたんじゃない？」

「そうだろうな」

「新井創は女擦《ず》れしてないって話だったから、好きになった相手に利用された憤《いきどお》りは大きいんじゃない？　何か美寿々に仕返しをしてやりたくなるでしょうし、教団をぶっ潰してやりたいと考えても不思議じゃないでしょ？」

「そういう気持ちになるかもしれないな」

「新井が『福音救済会』の致命的な弱みを押さえてたとしたら、教団は焦《あせ》って何か手を打たなければと考えると思うのよ。だけど、教団の現信者を使うのは何かとまずい。だから、美寿々と湯浅代表は共謀して、人参を見せてストーカー男の鶴岡に新井殺しを依頼したという推測もできるんじゃない？」

「こじつければ、そんなふうに筋を読むこともできるだろうな。どんな人参をぶら下げれば、鶴岡という奴は代理殺人を引き受ける気になると思う？」

「美寿々は、鶴岡一仁に『結婚を前提につき合ってもいいわ』なんて甘く囁《ささや》いたのかもしれないわ。美寿々にぞっこんだったら、鶴岡は人殺しもやりそうね」

「堅気がそんなにたやすく殺人を請け負うかね」

「妄想に取り憑《つ》かれてるような男は理性的な判断力がないんじゃないかしら？　好きで好きでたまらない加納美寿々を独り占めにできると思ったら、何だってやっちゃうんじゃない？」

「それはどうかな」

「あっ、もしかしたら、湯浅代表は殺人の成功報酬として鶴岡に一千万円を払うと言ったのかもしれない。ううん、二千万円あげると約束した可能性もあるわね。教団は違法な手段で荒稼ぎしてる疑いもあるわけでしょ？」

「その疑いは濃いな」

「だったら、『福音救済会』が鶴岡という男に新井創を殺させた可能性は否定できないと思うの」

「そう言われると、それなりに説得力があるように思えてきたな」

「わたし、ストーカー男に関する情報をもっと集めてみる」

「いつも同じことを言うが、沙也加、あまり無理をするなよ」

「わかってる。新たに何かわかったら、すぐ謙さんに教えるわ」

沙也加が電話を切った。

三上は微苦笑して、二つに折った私物の携帯電話を上着の内ポケットに突っ込んだ。沙也加の声は終始、弾んでいた。かつて新聞記者だった彼女は、現在の仕事に倦《う》みはじめているようだ。刺激に飢えているのだろう。

三上は、またペットボトルの日本茶を飲んだ。キャップを閉め終えると、伏見刑事課長からメールが送信されていた。

先に関東誠友会黒磯組の組長の顔写真と個人情報が送られてきた。黒磯猛は、どことなく土佐《とさ》犬を連想させる面相《めんそう》だった。

組事務所は新宿《しんじゆく》区歌舞伎《かぶき》町二丁目にある。五十六歳の黒磯は個人的に幾つかの事業を手がけ、五歳年下の妻郁恵《いくえ》を三つの会社の副社長に据えていた。

二十三歳の長男は、ハワイ大学に留学中だった。二つ下の長女は短大を卒業してから、洋菓子専門学校に通っている。自宅は杉並《すぎなみ》区堀《ほり》ノ内《うち》二丁目にあった。

『報国義勇隊』を取り仕切っている柏竜太郎も、典型的な悪人顔だった。

額が狭く、眉が太い。三白眼《さんぱくがん》だ。頰が削《そ》げ、唇が極端に薄かった。

妻の百合《ゆり》は五十七歳で、元演歌歌手だ。これといったヒット曲はなく、もっぱら地方巡業で稼いでいたようだ。夫婦が結婚したのは三十年前だが、子宝には恵まれなかった。

自宅を兼ねた事務所は豊島《としま》区高松《たかまつ》二丁目にある。五階建ての持ちビルの最上階が夫婦の居住スペースになっていて、二階から四階の各フロアに若い隊員たちが寝泊まりしているようだ。

柏竜太郎は経営コンサルタントと自称しているようだが、さまざまな違法ビジネスで金を得ているのだろう。持ちビルを所有しているわけだから、あこぎに稼いでいるはずだ。

三上は伏見の携帯電話を鳴らした。スリーコールで、電話は繋がった。

「メール、ありがとうございました。助かります」

「そちらに特に動きはないようだね？」

「ええ。加納美寿々と湯浅代表は教団本部から一歩も出てきません」

「張り込んでることを覚《さと》られたんだろうか」

「それはないでしょう。不用意に教団本部には近づいてませんから」

「ベテランのきみが覚られるようなヘマはやらないだろうな。失礼なことを口走ってしまった。勘弁してくれないか」

「別に気にしてませんよ。少し粘《ねば》って美寿々か湯浅代表の動きを探ってみるつもりです」

「そうしてくれないか。『福音救済会』が黒磯組長や柏竜太郎とつき合いがあるとしたら、どっちかが捜査本部事件に絡んでる疑いは拭《ぬぐ》えないな。被害者が教団の犯罪の証拠を押さえてたとしても、信者の誰かが殺人の実行犯になったりしないだろうからね」

伏見刑事課長が言った。

「湯浅代表は足がつくようなことはしないでしょうね。新井を信者に始末させたら、教団の存続が危うくなります。師である衣笠は数々の凶悪な犯罪を幹部信者にやらせたことで、身の破滅を招きました。側近の湯浅はそのことを知ってるわけですから、師と同じ失敗は絶対にしないはずです」

「そう思うね。となると、新井の始末を黒磯か柏に頼んだ可能性は高いな。その二人のほか代理殺人を引き受けてくれそうな者はいないかね?」

「ちょっと気になる奴がいることはいるんですよ」

三上はそう前置きして、沙也加から教えられた元信者の鶴岡一仁のことを詳しく話した。

「ストーカーっぽい男が死ぬほど加納美寿々に惚れてて、高額な成功報酬を貰えるということなら、なんの恨みもない新井創を殺《や》ってしまうかもしれないな」

「そう思いますか?」

「鶴岡は宿なしだということだから、定まった塒《ねぐら》は欲しいと切望してたんじゃないのかね? まとまった金があれば、ちゃんとした部屋を借りられる。家具や生活必需品も、ひと通り揃えられるだろう」

「その部屋で美寿々と甘い生活ができるかもしれないという期待があれば、人殺しも請け負っちゃいますかね？」

「若い貧困層が多くなったとはいえ、カプセルホテルやサウナを転々とする暮らしは辛いと思うよ。鶴岡って奴が人殺しを引き受けてもおかしくないんじゃないか。その男も一応、マークしてみたほうがいいね」

「美寿々と湯浅が何もボロを出さなかったら、鶴岡一仁を揺さぶってみますよ」

「そうしてみてくれないか」

伏見が通話を切り上げた。

三上は官給携帯電話を畳んで、上着の内ポケットに戻した。それから一分も経たないうちに、『福音救済会』本部の門が開けられた。

白いレクサスが滑り出てきた。

ステアリングを操っているのは、美寿々だった。後部座席には湯浅渉が坐っている。二人のほかには、誰も乗っていない。

三上はプリウスを走らせはじめた。レクサスは表通りに出ると、池袋方面に向かった。

行き先に見当はつかなかった。三上は慎重にレクサスを追尾しつづけた。レクサスは四十分ほど走り、豊島区内に入った。高松二丁目には柏竜太郎の自宅兼事務所があるはずだ。どうやら美寿々たち二人は、柏に会うつもりらしい。

やがて、レクサスは五階建ての細長いビルの前に停まった。美寿々が先に車を降り、一階に吸い込まれた。

後部座席から出た湯浅は、包装紙にくるまれた胡蝶蘭《こちょうらん》の鉢を両手で抱えていた。高価な花だ。だいぶ大きい。安く見積もっても、五、六万円はするだろう。

きょうは柏の妻の誕生日なのか。それとも、夫婦の結婚記念日なのだろうか。どちらにしても、美寿々たちは何かのお祝いに駆けつけたにちがいない。

湯浅が五階建てのビルの中に入っていった。

三上はプリウスをレクサスの数十メートル後方に停止させた。煙草を一本喫《す》ってから、変装用の黒縁眼鏡をかける。レンズに度は入っていない。

三上は運転席から出た。通行人を装って、五階建てのビルの前を抜ける。

一階の出入口の脇に、『報国義勇隊』と大書された看板が掲げられている。三上は歩きながら、階下をちらりと見た。

特攻服に似た上着に身を固めた二十代半ばの男が、日章旗を背負う形で立っていた。出入口寄りにスチールデスクが四卓並び、その一つに若い男が向かっていた。机上には、封書が堆《うずたか》く積まれている。何かの案内状の宛名書きをしているのだろう。

美寿々と湯浅の姿は見当たらない。階下の奥まった所に応接間があるようだ。美寿々たちは応接間に通され、柏竜太郎と話し込んでいるのではないか。

三上は四つ角に達すると、Uターンした。

ふたたび五階建てのビルの前を通る。やはり、美寿々たち二人の姿は目に留《と》まらなかった。

三上はプリウスに戻った。

湯浅は借りのある柏竜太郎に礼を尽くしてきたのだろう。あるいは、柏から逃れられなかった。黒磯猛とも腐れ縁ができてしまったと推察できる。

公安調査官は、柏か黒磯の手先に葬られたのだろうか。そうではなく、鶴岡という元信者に殺されてしまったのか。

三上はセブンスターを吹かしながら、推測の翼を拡《ひろ》げた。疑えば、三人ともクロと思える。しかし、状況証拠では決め手にならない。

美寿々たち二人が訪問先を辞去したのは、およそ三十分後だった。

レクサスはすぐに走りだした。三上はレクサスの後を追った。レクサスは来た道を引き返し、四十数分後に教団本部に帰りついた。

教団本部の前に二十七、八歳の男が立って、何か怒鳴《どな》っている。右手に何か握っていた。西洋剃刀だった。鶴岡一仁だろう。

レクサスを運転している美寿々は不審者に気づいたらしく、急に速度を上げた。男の横を走り抜け、七、八十メートル先の交差点を左折した。

鶴岡と思われる男が西洋剃刀を振り上げ、レクサスを追った。三上は不審者を追う形で車を走らせ、ほどなく行く手を塞《ふさ》いだ。

男が立ち止まり、凄まじい形相《ぎょうそう》で睨《ね》めつけていた。三上は助手席側のパワーウインドーを下げた。

「きみは鶴岡一仁さんだね?」

「そうだけど、おたくは?」

「フリージャーナリストなんだが、取材に協力してほしいんだ」

「取材の申し込みするのに、車で人の行く手を阻むなんておかしいな。あんた、刑事《デカ》っぽいな」

「違うって」

「いや、絶対にそうだな」

鶴岡は語尾とともに駆けだした。数軒先の民家の敷地に走り入り、そのまま背後の家の裏庭に移った。

三上はプリウスを発進させ、民家の裏通りに回り込んだ。いくら待っても、鶴岡は飛び出してこない。裏をかかれたにちがいない。三上は急いで車を教団本部のある通りに戻した。はるか前方を鶴岡が全力で走っている。

三上はアクセルを深く踏んだ。

すると、鶴岡が脇道に入った。追っ手の車に気づいたのだろう。三上は脇道の手前でプリウスを急停止させた。

すぐさま車を降り、脇道に駆け込む。鶴岡の姿は掻《か》き消えていた。さっきと同じように、勝手に他人の家の敷地に侵入したのだろう。

三上は姿勢を低くして、左右の民家の庭先をうかがった。いくら進んでも、鶴岡はどこにも隠れていなかった。

徒労感に包まれた。

2

三上は、歌舞伎町の裏通りにあるネットカフェを出た。鶴岡を見失った翌日だ。

三上は朝早くから歌舞伎町にあるカプセルホテル、サウナ、ネットカフェを虱潰《しらみつぶ》しに回った。元信者の鶴岡なら、『福音救済会』の秘密も知っていると考えていたからだ。

都内には盛り場が幾つもあるが、犯罪者たちは歌舞伎町周辺に潜伏することが多い。そんなことで、三上はまず新宿にやってきたわけだ。だが、鶴岡はどこにもいなかった。

間もなく正午になる。動き回ったせいか、腹が空いてきた。三上はプリウスに乗り込み、四、五十メートル先にあるカレーショップの手前でブレーキを踏んだ。

カレーショップに入る。意外にも客の姿は少ない。味がよくないのか。

三上はカウンターの端につき、ビーフカレーを注文した。五分も待たないうちに、オーダーしたものが届けられた。

三上は豪快にビーフカレーを掻き込みはじめた。刑事になってから、早喰《ぐ》いの癖がついてしまった。

牛肉は少なめだったが、味は悪くなかった。ものの三、四分で食べ終えた。三上はペーパーナプキンで口許を拭い、コップの水を飲み干した。

禁煙の店ではなかった。三上はセブンスターに火を点けた。新宿の次に犯罪者や不法滞在の外国人が潜伏しているのは池袋だ。

三上は池袋に向かう前に、近くにある関東誠友会黒磯組の事務所に行く気になった。一服し終えると、すぐにカレーショップを出た。

三上は車をさくら通りに向けた。黒磯組の事務所は、さくら通りに面しているはずだ。ひとっ走りで、さくら通りにぶつかった。

目的の組事務所は、花道《はなみち》通りの数十メートル手前にあった。六階建てで、外壁はココア色だった。目につく。

歌舞伎町には下部団体を含めて約百八十の組事務所がある。どこも代紋は掲げていないが、ひと目で暴力団関係の建物だとわかる。

やたら防犯カメラの数が多く、一・二階の窓の半分は厚い鉄板で覆われているビルが目立つ。ビルの前には、これ見よがしにベンツ、ベントレー、ロールス・ロイスなどが横づけされている。

黒磯組の事務所の前にも、黒塗りのベンツSL500が駐《と》めてあった。道路に大きく食《は》み出していた。道路交通法違反だ。すぐそばにマンモス交番があって、地域の巡回はしているにちがいない。

地域課員がいくら注意をしても、組員たちは言うことを聞かないのだろう。若いやくざは警察に牙《きば》を剝《む》くことで、存在をアピールしたがる。組長が武闘派なら、組員たちは警察を敵視しているものだ。

黒磯組の組員からは何も手がかりは得られないだろう。三上はプリウスを路上に駐め、靖国《やすくに》通り方向に歩きだした。

二百メートルほど先に、桜仁会一力組《おうじんかいいちりきぐみ》の事務所があった。黒磯組とは反目している組織だ。一力組は確か二次の下部団体だが、暴れん坊集団として知られている。

三上は一力組の事務所のドアを勝手に開けた。すると、頭を剃《そ》り上げた男が奥から飛び出してきた。二十七、八歳だろう。

「てめえ、どこの者だっ」

「殴り込み《カチコミ》じゃないから、いきり立つなって」

三上は穏やかに言って、警察手帳を見せた。

「新宿署の組対《そたい》のニューフェイスっすか？」

「おれは渋谷署の者だよ。管轄外だが、黒磯組に関する情報を集めてるんだ。ひとつ協力してくれないか」

「いいっすよ。黒磯組の連中がでかい面《つら》してるんで、おれたち、頭にきてるんす。あいつらを片っ端から逮捕《パク》ってくださいよ」

「そっちは、まだ準幹部にもなってないようだな」

「そうっすけど、おれ、根性あるほうっすよ」

「喧嘩《ゴロ》好きそうだが、黒磯組のことは詳しく知らないだろう。準幹部か幹部の誰かに取り次いでくれないか」

「奥に準幹部の矢尾板《やおいた》の兄貴がいるんで、いま呼んでくるっすね」

剃髪頭《スキンヘッド》の男がいったん引っ込んだ。

少し待つと、三十代半ばのずんぐりとした体型の男が奥から現われた。額に斜めに刀傷が走っている。七、八センチだろうか。

「渋谷署の方だそうですね？　おれ、矢尾板って者《もん》です」

「渋谷署管内で五月十四日の晩、公安調査官が撲殺されたんだよ」

「ええ、そんな事件がありましたね。細かいことまで憶えてないけど。その犯罪《ヤマ》に黒磯組が絡んでるんですか？」

「その疑いがありそうなんで、新宿署の庭先に足を踏み入れさせてもらったんだ」

「ちゃんと仁義は切ったんでしょ？」

「もちろんだよ」

三上は話を合わせた。

「それだったら、何も遠慮することはないでしょ？　黒磯組が殺人事件に絡んでたら、何人でも検挙してくださいよ。あいつらは一力組《うち》の縄張り内《シマウチ》の飲食店、パチンコ屋、風俗店を一軒ずつ回って、『みかじめ料を半分にしてやるから、来月から黒磯組に用心棒《ケツモチ》をさせろ』と凄《すご》んだんです」

「協定違反だな」

「そうでしょ？　だから、おれは舎弟たちを連れて黒磯組に乗り込んだら、居合わせた幹部が短機関銃《サブマシンガン》を持ち出して本気で扇撃ちしかけたんですよ」

「そっちも丸腰だったわけじゃないんだろ？」

「鎌をかけてるんですね。うっかり正直に答えたら……」

「銃刀法に引っかかっても、こっちは渋谷署の人間なんだ。新宿署とはライバル関係にあるわけだから、情報を提供して手柄を譲る気はないよ」

「でしょうね。おれは中国製のマカロフ、ノーリンコ59を懐に吞《の》んでたんです。三人の弟分は、ノーリンコ54を持ってました」

「中国製のトカレフだな」

「ええ、そうです」

「だったら、四人で先に一斉にぶっ放せばよかったじゃないか。そしたら、黒磯組の幹部だってビビったと思うぜ」

「そうなんですが、派手な銃声を耳にしたら、通行人が一一〇番するでしょ？　だから、癪《しゃく》だったけど、おれたちはすごすごと退散するほかなかったんです。あのときは、本当に悔しかったな」

「結局、一力組は縄張りを荒らされたのか？」

「抗争寸前に関八州《かんはっしゅう》の親分方が仲裁に入ってくれたんで、一応、手打ちになったんです。だけど、いまも一力組《うち》と黒磯組は一触即発の状態ですよ。だから、敵をぶっ潰したいんで……」

「知ってることは全部話してくれるんだな？」

「ええ」

矢尾板が大きくうなずいた。

「そっちは、『福音救済会』というカルト教団のことを知ってるかな」

「その教団は、例の『聖十字教』の分派ですよね？」

「そう。連続殺人を含めた数々の凶行に走って教主の衣笠満が逮捕され、『聖十字教』は解散に追い込まれた。側近の二人が分派の共同代表になったんだが、権力闘争があって片方は新たに『希望の灯』を立ち上げた」

「知ってますよ。ひところニュースでさんざん取り上げられてましたからね」

「そうだったな。『福音救済会』の信者らしき人間が黒磯組の事務所に出入りする姿を目撃したことは？」

「そういう奴を見かけたことはないけど、一力組《うち》が監視役として使ってる黒服、客引、ホステスたちから気になる情報は入ってます。一年近く前の深夜、黒磯組の前に停まったコンテナトラックに木箱が三つ積み込まれたそうなんです。若い衆が四人掛かりで木箱を荷台に積み込んでたというから、中身はだいぶ重かったんでしょう」

「だろうな」

「おれは、黒磯組が関東誠友会の本部の上納金を一時預かったんではないかと思ったんですよ。でも、札束を木箱には入れないだろうから、大量に仕入れた覚醒剤《シャブ》を小分けにするために秘密の場所に移すんじゃないかと……」

「いや、どちらでもないだろう。おそらく木箱の中身は銃器や手榴弾《しゅりゅうだん》の類《たぐい》だったんだと思うよ。武器類を組事務所や企業舎弟《フロント》の倉庫に隠しておいたら、手入れを受けたときにごっそり押収されてしまうからな」

「あっ、そうか。一力組《うち》も武器はあちこちに分散して隠してますからね」

「うっかり口を滑らしたな」

三上は、にやりとした。

「嘘ですよ、いまの話は」

「聞こえなかったことにしてやろう。闇社会の銃刀を一掃することは不可能だからな。ただし、一般市民を銃器か日本刀《ポントウ》で威嚇《いかく》したことがわかったら、武器は根こそぎに押収するぞ」

「ほかの組織はわかりませんけど、桜仁会の組はどこも堅気には迷惑かけてないですよ」

「その言葉を鵜呑《うの》みにする気はないが、そうするよう心がけるんだな」

「わかりました」

「監視役は組事務所の動きだけを探《さぐ》ってるんじゃなく、黒磯組長や若頭《カシラ》の自宅や愛人宅にも張りついてるんだろ？」

「そっちは、堅気っぽい準構成員を配してるんですよ」

「そう。黒磯の杉並の自宅をちょくちょく訪ねてる者がいるんじゃないのか？」

「数カ月に一度の割で、白いレクサスが夜更けに黒磯の家《ヤサ》を訪ねてるらしいんですよ。運転してるのは二十五、六歳のマブい女で、後部座席にはいつも四十二、三の男が乗ってたという報告を受けてます」

「監視に当たってた奴は当然、レクサスのナンバーを控えたんだろ？」

「ええ。けど、陸運支局で調べても、該当する車は登録されてなかったんですよ。偽のナンバープレートに替えてから、その男女は黒磯の自宅を訪ねてたんでしょう。ということは、何か危《ヤバ》いことをしてるにちがいありません」

「そう考えてもいいだろうな」

「その二人、思い当たります？」

矢尾板が探るような眼差《まなざ》しを向けてきた。

三上は黙って首を振った。脳裏には、加納美寿々と湯浅渉の顔が浮かんでいた。

「それから、黒磯の家《ヤサ》に『報国義勇隊』を束《たば》ねてる柏竜太郎が女房と一緒に年に数回は訪ねてるみたいですよ。黒磯のほうも夫婦連れで、柏のとこに遊びに行ってるようです。刑事さん、柏のことはご存じでしょ？」

「知ってる。元総会屋で、いまは経営コンサルタントをやってるんだろ？」

「表向きはそういうことになってますけど、その素顔は企業恐喝屋ですよ。柏竜太郎は大企業で出世コースから外された中間管理職の連中に不正や重役のスキャンダルを突き止めさせて、まずトップに怪文書を送りつけてるんです。その後、ごろつき業界紙記者や経済やくざに口止め料を脅し取らせてるんですよ」

「大企業の顧問弁護士は、検事上がりが多いよな。時には、逆に刑事告訴されることもありそうだな」

「その前に柏は自分のとこの若い者《もん》に顧問弁護士の私生活を調べさせるんです。若い愛人がいたら、それを切り札にして大物の弁護士を黙らせ、狙った企業から多額の口止め料をせしめてるんです。顧問弁護士に何もスキャンダルがない場合は、血縁者たちのことを手下の者に調べさせて、強請《ゆすり》の材料を得てるんですよ」

「切り札がない場合は、大企業のトップの孫たちを誘拐させて……」

「一億とか二億の身代金を出させてるって噂は聞いてます。それが事実かどうかわかりませんけど、柏なら、そういうこともやりかねないですよ。超大物右翼の門下生と称して、中小暴力団や半グレ集団から銭を吸い上げてますんで。関西の最大組織を怒らせるようなことはさすがにやってないみたいですが、関東の御三家は恐れてない感じだな。そのうち関東誠友会と手を組んで、御三家を潰す気でいるのかもしれません」

「桜仁会は御三家の一つだったな。そんな動きがあったら、御三家は手を組んで関東誠友会を潰しにかかるんだろうね」

「当然、そうなりますよ。黒磯組はいろんな組織に力を貸して銭を集め、御三家の勢力を切り崩す気でいるのかもしれませんね。三、四次クラスの下部団体《エダ》はだいたい金に余裕がありませんから、まとまった金を与えられたら、あっさり関東誠友会に寝返るんじゃないかな」

「いまのやくざは、仁侠道よりも銭だからな」

「情けない話です」

矢尾板が恥ずかしそうにうつむいた。

三上は矢尾板に礼を言って、一力組の事務所を出た。プリウスを駐めた場所に引き返す。三上は車に乗り込み、池袋をめざした。黒磯組は銃器類を『福音救済会』に預かってもらっているのか。考えられないことではなさそうだ。

教団本部は公安調査庁の立ち入り検査を受けることがある。しかし、美寿々がダブルスパイを務めている間は立ち入り検査や警視庁公安部の手入れ前に都合の悪い物品を教団から運び出すことは可能だ。

黒磯組にとっては、銃刀類を教団に預けておくほうがリスクが少ない。『福音救済会』はリスクを負ったことで、黒磯猛に新井を始末させたのか。

あるいは、湯浅代表は柏竜太郎に公安調査官の抹殺を依頼したのだろうか。どちらかと思われるが、判断を下《くだ》すのは早計だろう。

池袋に到着したのは三十数分後だった。

三上は無駄骨を折る覚悟で、カプセルホテル、サウナ、ネットカフェを一軒一軒訪ね回った。だが、どこにも鶴岡一仁はいなかった。

鶴岡はちょくちょく『福音救済会』の本部の周辺に出没しているという。案外、上野《うえの》か錦糸町のネットカフェで毎晩、仮眠をとっているのではないか。

三上はプリウスを上野に走らせた。上野に着くと、ネットカフェを探し回った。六店ほど見つかったが、鶴岡が使ったことのあるネットカフェはなかった。

いつしか陽《ひ》が大きく傾いていた。三上は車を錦糸町に向けた。ネットカフェは思いのほか少なかった。三上はサウナやビジネスホテルも訪ねてみた。だが、結果は虚《むな》しかった。

三上は車の中で、ひと休みした。

疲れで、全身がだるい。早めに捜査を切り上げたい気持ちも頭をもたげてきたが、故人のことを考えると、そうもできなかった。

三上は煙草を喫《す》いはじめて間もなく、自分の予想が外れた原因に思い当たった。鶴岡が盛り場のサウナかネットカフェあたりで夜ごと仮眠をとっているかもしれないと考えてしまったが、『福音救済会』からそれほど遠くない公園か河川敷《かせんしき》で野宿しているのではないか。この季節なら、凍死する心配はない。

教団本部にいる美寿々に会いたい気持ちが強ければ、なるべく近くにいたいだろう。江戸川区か葛飾《かつしか》区内で野宿しながら、時々、日払いで賃金を貰える仕事をこなしているのではないか。

三上はプリウスを発進させ、京葉《けいよう》道路に入った。

荒川《あらかわ》に架《か》けられた新小松川橋を渡り、川沿いを低速で南下する。夕陽に染まった川面《かわも》の手前の河原に目をやったが、鶴岡の姿は目に留《と》まらない。

河口近くまで下《くだ》って、船堀《ふなぼり》街道を北上する。

公園があれば、三上は必ず車を停めてみた。しかし、鶴岡はどこにもいなかった。

ひょっとしたら、教団本部の近くで美寿々が外に出てくるのを待ちつづけているのかもしれない。三上はふと思い、プリウスで『福音救済会』の本部に向かった。十分そこそこで、目的の場所に着いた。

教団本部の前には人が群れていた。

二十人以上はいるだろう。中高年の男女ばかりだ。三上は人垣の数十メートル手前で車を路肩に寄せ、パワーウインドーを下げた。

ちょうどそのとき、六十年配の男が拡声器《ラウドスピーカー》で訴えた。

「湯浅代表、わたしの倅を返してくれ。春田信吾《はるたしんご》の父親だ。わたしの息子は昨夜《ゆうべ》、こっそり家に電話をしてきて、一日も早く『福音救済会』を脱会したいと涙声で言ったんだよ。門を早く開けてくれーっ」

「わたしは加納美寿々の母親です。美寿々、母さんの声が聴こえるでしょ？　わたしは、あなたの味方よ。父さんとは離婚するわ。だから、二人で生き直しましょう」

別の女性がラウドスピーカーを使って、大声で叫んだ。信者の親たちが子の身を案じて、有志が教団本部前に集結したのだろう。

教団側は門を閉ざしたまま、沈黙を守りつづけていたようだ。二つの拡声器が別の者に渡され、集まった人たちが次々に自分の子に一緒に家に帰ろうと呼びかけた。

だが、教団側はなんの反応も示さなかった。

年配の男性が何か言って、門扉《もんぴ》を蹴りはじめた。集まった人たちが門を押しだした。

それから一分も経たないうちに、門扉越しにホースの水が撒《ま》かれた。水の勢いは強かった。

集結した男女が怒声や悲鳴を発しながら、逃げ惑いはじめた。どの顔も哀《かな》しげだった。

「帰れ、帰れ！」

門の向こうから、信者たちのシュプレヒコールが響きはじめた。その声は次第に高くなった。

三上はプリウスを降り、人の群れに近づいた。美寿々の母親は、濡れた髪をハンカチで拭《ふ》いていた。いまにも泣きだしそうな表情だった。

三上は身分を明かし、美寿々の母をプリウスの近くまで導いた。質問を重ねたが、母親は入信後の娘のことは何も知らなかった。

「ご協力に感謝します。所轄署に連絡して、すぐにパトカーを急行させます」

「お願いします」

美寿々の母が一礼し、人垣の中に戻った。

鶴岡一仁はどこにもいなかった。三上は上着のポケットから、官給携帯電話を取り出した。たまたま現場を通りかかって、騒ぎを知ったことにするつもりだった。

3

サイレンが熄《や》んだ。

臨場したパトカーは三台だった。いずれも小松川署の車輛だ。通報して七分が過ぎている。平均的なレスポンスタイムより少し遅かった。

それでも、ホースで水をかけられた人たちは少し表情を明るませた。地域課の制服警官の説得によって、我が子を自宅に連れ帰れるという期待が膨らんだのだろう。

四十代後半の制服警官が三上に駆け寄ってきた。職階は巡査部長だった。中肉中背だ。角張った顔をしている。

「通報されたのはおたくさん？」

「そうです」

三上は警察手帳を見せ、自己紹介した。五人の地域課員が信者の身内を取り囲んで事情聴取を開始していた。

「渋谷署の方でしたか。警部補でいらっしゃるんですね。わたしよりも階級が一つ上ですよ。馬場《ばば》といいます」

「よろしく！」

「早速ですが、職務でこちらにいらっしゃったんでしょうか？」

「いや、違います。きょうは非番なんですよ。この近くの知人宅を訪ねて、その帰りに騒ぎに……」

「そうですか」

「教団の前に集まってる方々は、信者の身内の方なんでしょう。拡声器を使って、自分の子供に脱会を呼びかけてましたんでね」

「こういう騒ぎは初めてじゃないんですよ。近くの住民から、これまでに五回ほど通報がありました」

「そうですか。身内の方々はカルト教団にハマってしまった息子や娘を早く脱会させようと願ってるんでしょうが、別に未成年が教団の建物に軟禁されてるわけではありませんからね」

「そうなんですよ。信者たちが軟禁されてたら、もちろん違法になります。そうなら、強制突入も可能なんですが……」

馬場が困惑顔になった。

「しかし、教団側は信者の親族と話し合いをすべきですね」

「わたしもそう思いますが、どうせ折り合えないとわかってるんで、門を閉ざしたままなんでしょう。集まった方々は、教団側から何か危害を加えられたんですか？」

「門扉越しにホースで水を撒かれました。集まった方の大半がびしょ濡れになったと思います」

「大人げないことをするもんだな」

「馬場さん、教団側に話し合いに応じるよう説得してくれませんか」

三上は言った。

馬場巡査部長が無言でうなずき、教団本部の前まで進んだ。すぐにインターフォンを長く鳴らす。

ややあって、スピーカーから加納美寿々の声が流れてきた。

「小松川署の方ですね？」

「ええ、地域課の馬場です」

「前回も申し上げましたが、刑事事件には当たらない騒動なんです。あくまで民事の領域ですんで、警察の介入は迷惑です」

「しかし、ご近所からの苦情もあります。それに、あなた方の誰かがホースで水を外に撒いたそうじゃありませんか」

「押しかけてきた人たちが門を押し破る動きを見せたんで、器物損壊罪になりますよという警告の意味を込めて……」

「注意したわけか」

「そのことが法に触れるとおっしゃるなら、こちらは逆に刑事告訴します」

「そう喧嘩腰にならないで、集まられた方たちの家族と直《じか》に話し合いをしてもらったほうがいいと思うな。教団で寝起きしてる信者の意思が変わらないとわかれば、親御《おやご》さんたちは引き揚げるでしょう」

「ですけど……」

「代表の湯浅さんはいらっしゃるんでしょ？」

「え、ええ」

「湯浅代表にこちらの提案を伝えてくれませんか」

「わかりました」

「よろしくお願いします」

馬場が門柱から離れた。集結した人たちのシュプレヒコールがふたたび高く響きはじめた。

三上は、近づいてくる馬場に軽く頭を下げた。

「ありがとうございました」

「教団の代表が話し合いに応じてくれるといいんですがね」

「住民の反対運動が起こったら、面倒なことになりますんで、提案に従う気になるかもしれませんよ」

「そう願いたいですね」

「カルト教団はそれぞれ生きにくさを感じてる者たちを上手に取り込んでますが、危険な存在ですよね。宗教や言論の自由は尊重すべきですが、悪質な教団に引っかかったら、人生を台なしにされかねませんね」

「そうですね。わたしの昔の部下は『聖十字教』の信者になって依願退職し、布教活動に励んでたんですが、取り返しのつかないことをしてしまいました」

「何をやったんです？」

「教団に寄附をしたくて、資産家の自宅に押し入り、六百数十万円の現金を強奪してしまったんです。かつての部下は逮捕されて目が覚めたのか、留置場で首を括《くく》ってしまいました。トランクスを細く引き裂いて、紐《ひも》を作ったんですよ」

「そうですか」

「その彼は教主に高く評価されたくて、自分の預貯金のほかに親の貯えも教団に寄附してしまったんです。『福音救済会』の若い信者たちも無理をして多額を差し出したにちがいありませんよ。『聖十字教』の分派も、物を私有することは罪悪だと教えてるようですからね」

「ええ。若い世代が将来に展望を持てない社会になってしまったんで、怪しげな教団に魅《み》せられてしまうんでしょう」

「株価が二万円の大台に乗ったなんて喜んでる連中は自分たちの繁栄だけを望んでて、世の中の歪んだ部分を見ようとしないでしょうね。おかしな時代になってしまったな」

馬場が嘆《なげ》いて、門の前に戻った。

それから七、八分後、教団の門扉が開けられた。湯浅代表が中央に立ち、その背後に二十人前後の若い信者が横一列に並んでいる。加納美寿々は右端にたたずんでいた。

「わたしは信者たちに教団に留《とど》まることを一度も強《し》いたことはありません」

湯浅が大声で告げた。春田と名乗った年配者が真っ先に声を発した。

「わたしの息子たちは巧《たく》みに洗脳されてしまったんだ。だから、あんたや幹部たちに逆らえなくなったにちがいない」

「マインドコントロールなんてしてませんよ」

「嘘つくな」

「あなたの息子さんは自分の意思で、ここで生活してるんです」

「違う！　そうじゃないっ。あんたは純粋な若者をうまく騙《だま》してるんだ。そうに決まってる。『福音救済会』なんて邪教集団じゃないか。すぐに解散しろ！」

「乱暴なことをおっしゃる。そこまで言うんでしたら、息子さんに直《じか》に本心を訊いてみてくださいよ」

湯浅が余裕たっぷりに言った。

春田が自分の子に呼びかけた。春田の息子は父親を憎々しげに罵《のの》りはじめた。春田は絶句した。ほかの身内たちが息子や娘に声をかけた。しかし、黙殺された親が大半だった。

親子の縁を切ると叫んだ信者さえいた。

「みなさん、お引き取りください」

湯浅が勝ち誇った表情で言い、自ら門扉を勢いよく閉めた。

集結した男女は肩を落とし、三々五々、最寄り駅に向かった。美寿々の母親は目頭にハンカチを当て、立ち尽くしたままだった。若い制服警官が美寿々の母親に何か慰めの言葉をかけている。

三上は馬場巡査部長に歩み寄った。

「信者たちの意思は変わらなかったですね」

「ええ、残念です。自分の親が心配してる様子を見たら、信者が親不孝してることを自覚すると思ってたんですがね。身内まで強く敵視してるとは驚きでした」

「こっちも少々、びっくりしました。すぐには問題は解決しないと思いますが、根気よく教団代表や信者たちを説得しつづけてもらえますか」

「管轄内での騒ぎなんで、逃げるわけにもいきません。じっくり時間をかけて湯浅代表を説得しつづけますよ。ご協力に感謝します」

馬場が敬礼した。三上は目礼し、プリウスに歩み寄った。

鶴岡が教団に接近する可能性はあったが、まだ所轄署の署員たちがいる。パトカーが去るまで、少し離れた場所で待機することにした。

三上は車を走らせ、数百メートル離れた裏通りのガードレールに寄せた。紫煙をくゆらせていると、私物の携帯電話が震えた。

発信者は検察事務官の岩佐だった。

「先輩、ちょっと気になる情報を新宿署の組織犯罪対策課から入手しました。高校時代の一級下の奴が組対《そたい》課で暴力団係《マルボウ》をやってるんですよ」

「そいつは知らなかったな」

「特に親しくしてたわけじゃなかったんです。同窓会で顔を合わせる程度なんですよ。だから、三上先輩には言わなかったんです」

「そうか」

「その後輩は羽住《はずみ》って名なんですが、黒磯組は四年数カ月前に東日本大震災が発生してから約一年間、違法ビジネスで荒稼ぎしたらしいんですよ」

「震災直後に全国の犯罪者集団や暴力団組員が被災地に飛んで、ハイエナみたいに悪事を重ねてた」

「そうですね。被災地のあちこちで発動発電機、各種の車輛、建材、鉄骨材、ガソリン、現金、貴金属が盗まれました。窃盗団は偽造通行証で原発警戒区域内に入って、商店、会社、民家から金目《かねめ》の物を盗みまくったそうですね」

「そのニュースを知って、人間の浅ましさに愕然としたことをはっきりと憶《おぼ》えてるよ。震災で数多くの者が命を落とし、避難する人々も 夥《おびただ》しかった。被災者たちのことを考えたら、東北三県で悪さなんかする気にはなれないと思うんだが……」

「自分も嘆かわしいと思いましたよ。火事場泥棒みたいな悪人は数百人や数千人どころか、万単位だったとも言われてます。警備機能を失った大型スーパーの商品はことごとく持ち去られ、亡くなった被災者の札入れや貴重品も掠奪《りゃくだつ》された」

「そんなことをする人間がこの世にいるとは思いたくないが、現実には大勢いた。強欲な奴らは水没した車の中まで漁《あさ》って、金品を持ち去ったようだ」

「遺体写真を撮りまくって、国内外のマニアに高値で配信した奴もいるそうです。一カ月も経《た》つと、行方不明者の架空債務をデッチ上げて家族から金を取り立てる詐欺師グループが暗躍しはじめました。行方不明者の戸籍、それから法人登記及び法人口座が高値で取引されたそうです」

「停電地区では、ソーラーパネルの取り付け契約の着手金詐欺が横行したんじゃなかったかな。上下水道の工事業者を装った詐欺も多発したはずだよ」

「ええ、そうでしたね。偽ボランティア集団の支援物資を故買屋《こばいや》に売り飛ばしてた事例もありました。復興融資詐欺も数多かったですね」

「人間の金銭欲は凄《すさ》まじいな。金の亡者《もうじゃ》たちが被災地で暗躍してたんだから、東北の人たちは人間不信に陥《おちい》っただろう」

「でしょうね。なんか前置きが長くなってしまいましたが、黒磯組は末端の組員たちを

七、八十人被災地に送り込んで悪事を重ねさせてたらしいんですよ。そのうちの三人が窃盗容疑で福島県内で逮捕されると、黒磯組長は残りの者を東京に呼び戻したようです」
「組員たちが芋蔓式《いもづるしき》に捕まったら、危《ヤバ》いと思ったんだろうな」

三上は言った。

「そうなんでしょう。しかし、震災絡みの裏ビジネスでいくらでも甘い汁は吸えるでしょう。黒磯は組員以外の人間を動かして荒稼ぎしようと思いついたんじゃないですかね？」

「岩佐、冴《さ》えてるな」

「そうかもしれないと思ったんで、自分、湯浅の教団の在宅信者のリストを公安調査庁から提供してもらったんですよ」

「よく提供してくれたな」

「検察も公安調査庁も法務省の外局みたいなもんですから、使用目的を詮索《せんさく》されることもありませんでした」

「『福音救済会』の在家信者の中に黒磯組と繋《つな》がってる奴がいたのか？」

「そこまではわかりませんが、接点がありそうな奴はいたんですよ」

「そいつの名は？」

「竹中雅也《たけなかまさや》、三十六歳です。五年前までは予備校講師だったんですが、いまは無職なんでしょう」

「独身なのか？」

「そうみたいですね。船橋《ふなばし》市金杉《かなすぎ》に住んでます。戸建て住宅を借りてるようだな」

岩佐が所番地《ところばんち》を詳しく告げた。

「独身なのに、借家住まいをしてるのか。妙だな」

「ある程度の広さが必要だったからでしょうね。三年半ほど前、竹中は毎月のようにウクライナに出かけてたんですよ」

「ウクライナに彼女でもいるんだろうか。そうじゃないとしたら、震災ビジネス絡みの商用だろうな。黒磯組は被災地でダーティーなことをやってたって話だったからさ」

「自分も、そう推測したんです。ネットでウクライナのことを調べて知ったんですが、同国はロシアやアメリカと同じぐらい一般人向けの放射線測定器《ガイガーカウンター》が流通してるんですよ。チエルノブイリの原発事故のことで、国民が放射線量を気にしてるんでしょうね」

「黒磯はカルト教団の在家信者にウクライナでガイガーカウンターを大量に仕入れさせて、それを東北の被災地で売れば、大きな儲けが出せると踏んだのかもしれないな」

「そうなんでしょうね。日本ではガイガーカウンターはそんなに流通してなかったんですが、海外のネットオークションで販売されてたんです。でも、東日本大震災から一年ぐらいは買い手が多くて品薄状態がつづいてたようです」

「そうだろうな。需要が増えれば、放射線測定器の値も上がるんじゃないか？」

「そうですね。ネット調べですが、震災前はウクライナ製のガイガーカウンターの値は日本円で約二万円だったんですが、福島の原発が危ないというニュースが流れると、四万八千円まで上がったようです」

「それでも、日本のバイヤーたちはアメリカ、ロシア、ウクライナの販売会社に大量注文したんじゃないか。仕入れた商品は被災地で飛ぶように売れるだろうからな」

「そう見込んだバイヤーの注文が殺到したようで、ロシアとアメリカの販売価格はさらに高くなったみたいですね」

「で、在家信者の竹中はウクライナにわざわざ出向いて、大量に買い込んでキャリーケースに詰めて帰国したんだろう」

「竹中雅也の渡航記録をチェックしたら、そのころは二カ月に三回はウクライナに渡ってました。滞在日数は二、三日ですから、ガイガーカウンターの買い付けに行ったと考えてもいいでしょうね」

「岩佐、竹中のウクライナ通いはどのぐらいつづいたんだい？」

「十カ月ほどですね。その後は、まったく海外に出てません」

「ガイガーカウンターは売り尽くしたんで、黒磯組長は別の震災便乗商品でボロ儲けしてたんじゃないか」

「多分、そうだったんでしょう。しかし、東日本大震災が起きてから四年以上が経ってますんで、ハイエナたちは骨まで喰ったんじゃないのかな」

岩佐が呟いた。

「ああ、おそらくな。黒磯は災害便乗裏ビジネスで三人の組員が検挙されたんで、なるべく堅気にダーティー・ビジネスの下働きをさせようと考えたんじゃないかな。それで、湯浅に協力を求めて裏ビジネスの手伝いを在家信者たちにさせてるのかもしれないぞ」

「先輩、そうなんだと思います。多分、竹中はガイガーカウンターの買い付け代行が終わってからは、別の危《ヤバ》い下働きをしてるんでしょう。どんな悪事の片棒を担がされてるのかは自分にはわからないですけど」

「『福音救済会』が黒磯組と腐れ縁で繋がってたら、新井公安調査官を始末した動機は……」

「暴力団とカルト教団が黒い関係だという証拠を被害者の新井創に握られてしまったからなんでしょうね」

「そういうことなんだろう」

「双方にとって都合が悪いことは悪いですけど、そうした事実を暴《あば》かれたくなかったのは『福音救済会』のほうなんじゃないんですかね？　三上先輩、どうなんでしょう？」

「ダーティー・ビジネスの手伝いをして布教活動費を工面してることが発覚したら、新たな信者は集められなくなる。湯浅が黒磯に新井を永久に眠らせてくれと頼んだんだと思うよ」

「実行犯は下っ端の組員だったのかな」

「黒磯は自分の手下は使わなかったんじゃないか。流れ者を雇ったのかもしれないな」

「先輩、『福音救済会』は極右団体とも繋がりがありますよね。『報国義勇隊』の隊員が被害者を撲殺したとも疑えるんじゃありませんか？」

「ああ、そうだな。予定を変更して、これから竹中雅也の自宅に行ってみるよ。岩佐、有力な手がかりをありがとう！」

三上は通話を切り上げ、プリウスの車首の向きを変えた。

千葉方向に進み、市川《いちかわ》市を通過する。船橋市は市川市に隣接している。

竹中の借りている平屋は、金杉の西の端にあった。ひっそりとしている。在家信者は外出しているようだ。

三上は、人目につきにくい路上にプリウスを停めた。そのまま張り込みはじめる。午後八時になっても、竹中の家は暗いままだった。

持久戦になりそうだ。三上は背凭《せもた》れを大きく傾けた。

4

眠い。

瞼が半分しか開かなかった。三上は目を擦《こす》りながら、洗面所に向かった。自宅マンションである。

三上は午前一時過ぎまで竹中雅也の自宅前で張り込んでいた。しかし、ついに竹中は帰宅しなかった。三上は張り込みを終え、帰宅した。ベッドに潜り込んだのは、午前三時数分前だ。

いまは午前六時四十分過ぎである。

明らかに寝不足だ。三上は洗面所で、冷たい水で何度も顔を洗った。次第に眠気がなくなり、頭もはっきりしてきた。

三上はパジャマ姿のまま、ドリップコーヒーを淹《い》れた。サイフォンで沸《わ》かすのは面倒だった。

それほど食欲はなかった。三上はマグカップを持って、リビングソファに歩み寄った。ソファに坐ってから、コーヒーを一口《ひとくち》飲む。ブラックコーヒーだった。苦みが脳を活性化させる。

三上はガラステーブルの上の遠隔操作器《リモート・コントローラー》を摑み上げ、テレビの電源を入れた。

画面に目をやって、三上は声を上げそうになった。アップで映っているのは加納美寿々だった。美人信者は何か事件に巻き込まれたようだ。

画面が変わり、河川敷が映し出された。見覚えがあった。荒川の河原だ。『福音救済会』の本部から数百メートルしか離れていないだろう。

ふたたび画面が変わり、マイクを握った男性が映った。アナウンサーか、放送記者かはわからない。三十歳前後だろう。

「繰り返しお伝えします。きょう未明、ジョギングをしていたと思われる女性が荒川の河川敷で殺害された模様です。亡くなったのは、江戸川区東小松川に住む加納美寿々さん、二十六歳です」

レポーターがいったん言葉を切り、言い重ねた。

「加納さんは土手道をひとりで走っているときに何者かに刃物で威嚇《いかく》されて、河川敷に引っ張り込まれたようです。発見時にはすでに亡くなっていました。全裸にされ、首、乳房、下腹部を刃物で傷つけられていたことから、警察は猟奇殺人という見方を強めています。遺体の近くには、血みどろの西洋剃刀が落ちていました。それが凶器と思われますが、詳しいことはわかっていません」

またもや画面が変わり、カメラは河原全体を捉《とら》えた。遠くに野次馬が見える。

鶴岡一仁がジョギング中の美寿々を河川敷に引きずり込んで、強く自分との交際を迫ったのか。だが、はっきりと拒絶されてしまったのかもしれない。

逆上した鶴岡はいつも持ち歩いている刃物で被害者を竦《すく》ませ、衣服を剝いだのか。そして美寿々を穢《けが》し、西洋剃刀で首、乳房、下腹部を傷つけたのだろうか。おそらく死因は失血死か、出血性ショックと思われる。

鶴岡は執拗に美寿々にまとわりついていた。そのことを考えると、加害者は元信者と疑える。

しかし、三上はなんとなく釈然としなかった。鶴岡の犯行だと仮定してみよう。計画的な殺人だったとしたら、血に染まった凶器を事件現場に遺《のこ》すとは考えにくい。

衝動的な犯行だったとしても、凶器は持ち去るのではないか。鶴岡は西洋剃刀を持ち歩いていることを複数の者に知られているはずだ。犯行時には冷静さを失っていただろう。そうだとしても、凶器を置き去りにして逃げるだろうか。そのことが腑に落ちなかった。

鶴岡は誰かに犯人に仕立てられただけなのかもしれない。だとしたら、誰が鶴岡に濡衣を着せようと企《たくら》んだのか。

三上は煙草に火を点け、推測をつづけた。

次に頭に浮かんだのは『福音救済会』の湯浅代表だった。美寿々は『希望の灯』の奥寺から、湯浅の性癖について聞かされたばかりだ。

そのことは二人にとって軋轢《あつれき》の原因になるだろう。湯浅は、美寿々の秘めたる恋情をうっとうしく感じていたのではないか。さらに美人信者は、教団の秘密を知っていたわけだ。二人の間に亀裂が生まれたとすれば、そのことも不安材料になるだろう。

湯浅渉は美寿々にはもう利用価値がないと判断し、斬り捨てる気になったのかもしれない。黒磯猛か柏竜太郎に実行犯を見つけてもらうこともできるだろうが、それでは弱みを無法者に知られてしまう。それは得策ではない。

湯浅はそう判断し、鶴岡の犯行に見せかけて美寿々を葬《ほうむ》ることにしたのか。もちろん、彼自身が手を汚すようなことはしないだろう。幹部信者の誰かを実行犯に選んだのではないだろうか。

黒磯と柏の二人も疑えなくはない。どちらも美寿々がダブルスパイの役目を果たしていたことを知っていたとすれば、警戒心を抱くはずだ。『福音救済会』と黒い関係であることを美寿々に捜査関係者にリークされたら、身の破滅に繋がる。

三上は喫《す》いさしの煙草の火を消した。

そのとき、ふと思った。収監中の衣笠満が側近の誰かに命じて、美寿々に湯浅を監視させている可能性はゼロではないのではないか。そのことを湯浅に察知されそうになったので、衣笠は獄中で暗号を使って〝殺人指令〟を下《くだ》したのかもしれない。

「穿《うが》ちすぎか」

三上は声に出して呟き、テレビの電源を切った。

ソファから立ち上がり、寝室に移る。二つの携帯電話はナイトテーブルの上だ。三上はベッドに腰かけ、私物のモバイルフォンを手に取った。

沙也加に関東テレビ報道部が美寿々殺しの件でどこまで取材しているか探りを入れてもらうつもりだった。電話をかける前に、当の沙也加からの着信があった。

「『福音救済会』の加納美寿々が荒川の河原で全裸死体で発見されたわね」

「ああ。いま、沙也加に電話しようと思ってたとこだったんだ。局の報道部は、もう犯人《ホシ》に見当をつけてるのかな？」

三上は訊いた。

「ついさっき報道部を覗いてきたんだけど、元信者の鶴岡一仁を容疑者と見てるようね。

事件現場で、被害者にぞっこんだった鶴岡は散歩中の高齢男性に目撃されてたのよ。鶴岡は土手道を行ったり来たりしてたらしいの。美寿々のジョギングコースは知ってたんで、彼女を待ち伏せしてたんだと思う。護身用なんだろうけど、鶴岡がふだんから西洋剃刀を持ち歩いてることを報道部は確認してたから、筋読《すじよ》みは外れてないんじゃない？」

「そうなんだろうか」

「鶴岡は妄想に取り憑《つ》かれてて、美寿々が自分を避けてることが許せなくなっちゃったんでしょうね。美寿々に冷たくあしらわれたんで頭にきて、レイプしてから頸動脈《けいどうみゃく》を西洋剃刀で掻き切ったんだと思うわ。それから、胸部と下腹部を傷つけたんでしょうね。デスクの話によると、警視庁機動捜査隊と所轄の小松川署は鶴岡の行方を追ってるそうよ」

「鶴岡は真犯人《ホンボシ》じゃないかもしれない」

「えっ⁉」

沙也加が驚きの声をあげた。三上は自分の推測をかいつまんで話した。

「誰かが鶴岡の犯行に見せかけた可能性もありそうね。湯浅代表が最も疑わしく思えるけど、クロと判断はできないいんじゃない？」

「ああ、そうだな」

「報道部に新たな動きがあったら、また電話するわ」

沙也加が電話を切った。三上は官給携帯電話に持ち替えて、伏見刑事課長に連絡を取った。通話中だった。

いったん電話を切る。そのとき、着信音が響いた。電話をかけてきたのは伏見だった。

「コールしたんだが、話し中だったね」

「課長にお電話してたんですよ」

「そうだったのか。ところで、加納美寿々が荒川の河川敷で死体で発見されたな。神谷署長が本庁の機動捜査隊に探りを入れてくれたんだが、検視の結果、被害者は性的な暴行は受けてなかったようだという話だったよ。司法解剖の所見を待たないと断定はできないが、ベテラン検視官の見立てに間違いはないんだろう」

「そうでしょうね。しかし、猟奇的な手口は偽装臭いな」

「偽装？」

「ええ」

三上は自分の推測を語った。

「きみの筋読みが外れてなければ、鶴岡の仕業に見せかけたのは湯浅渉なんじゃないのかね」

「刑事課長、その動機はなんだと思われます？」

「湯浅は同性にしか関心がないという報告だったな。これは独断と偏見と言われても仕方ないんだが、教団の代表は女性は信じてないいんじゃないだろうか。わたしが知ってるゲイは女は変わり身が早いから、まったく信用してないと公言してる」

「湯浅も加納美寿々には気を許してなかったんではないかと……」

「ああ、そうだったのかもしれないぞ。ダブルスパイをこなせる人間は上手に嘘をつくんだろう。本心を見せたりしないから、油断できない」

「お言葉を返すようですが、加納美寿々は湯浅に思慕《しぼ》を寄せてたからこそ、ダブルスパイも厭《いと》わなかったんだと思います。二人は信頼し合ってた気がします。ただ……」

「湯浅は美寿々の一方的な恋慕は疎《うと》ましく感じてた。三上君は、そう言おうとしてたんだろう?」

「ええ、そうです。だからといって、それだけの理由で湯浅は美寿々を抹殺する気にはならないと思います」

「そうだろうね。美寿々は教団の裏側を知ってる。暴力団や極右団体の悪事の片棒を担いでることは当然知ってるはずだ。そうした秘密を美寿々が他言するかもしれないんで、湯浅は幹部クラスの信者に鶴岡の犯行に見せかけて美寿々を始末してくれと指示したんじゃないのかな」

「そう疑えますが、黒磯や柏も怪しいことは怪しいですよね？　どちらも『福音救済会』に違法ビジネスの手伝いをさせてた気配がうかがえますから」

「そうだな。初動捜査では加害者は鶴岡一仁と睨んだんで、その行方を追ってるそうだ。鶴岡は江戸川区内の公園で野宿することが多かったようだから、時間の問題で任意同行を求められるんじゃないのかな」

「ええ、多分ね」

「きみが小松川署を訪ねるわけにはいかないが、江戸川に向かってくれないか。まだ鶴岡の逮捕状を取れる段階じゃないから、任意同行に応じてもきょうは泳がすつもりなんだろう」

「ええ、そうでしょうね」

「捜査員がリレーで鶴岡を尾行するだろうが、ひょっとしたら、撒《ま》かれるかもしれない。そうなったら、三上君、鶴岡に接触してみてくれないか。元信者で湯浅の側近だった鶴岡は教団内部のことはよく知ってるはずだし、黒磯や柏と何をしてきたかもわかってそうだな」

「ええ」

「もしかしたら、鶴岡は新井の事件の首謀者も知ってるかもしれないぞ」

「そうですね」

「鶴岡と接触できなかったら、昨夜《ゆうべ》報告してくれた竹中の家《ヤサ》をまた張り込んでみてくれよ。在宅信者なら、教団の現在の裏ビジネスのことも知ってる可能性が高いんじゃないか」

「課長の指示通りに動いてみます」

「単独捜査は何かと大変だと思うが、捜査本部の連中を出し抜いてやろうや」

伏見が電話を切った。

三上はフランスパンを齧《かじ》ってから、手早く身仕度をした。戸締まりをし終えたとき、今度は検察事務官から電話がかかってきた。

「先輩、加納美寿々が未明に殺害されましたね」

「テレビのニュースで、そのことを知って驚いたよ。沙也加や刑事課長の情報によると、機捜と小松川署は鶴岡一仁の行方を追ってるらしい」

「そうですか。犯行現場に西洋剃刀が遺留されてたことが何か作為的な気がするんですよね。誰かが鶴岡を犯人に仕立てたくて偽装工作したのかもしれません」

「おれも、そう思ってるんだ。検視官の見立てによると、美寿々はレイプされてないらしい」

「鶴岡が被害者にのぼせてたんなら、殺す前に被害者を抱きたくなるでしょ？」

「ああ、そうだろうな。それなのに、犯した痕跡はないそうだ」

「おかしいですよね。でも、愛情が憎しみに変わることはあるようだから、鶴岡はレイプしなかったとも考えられます。乳房や恥丘を西洋剃刀で傷つけたってことは、恋愛感情は憎悪に変わってたと解釈してもいいのかもしれません。先輩、どう思います？」

「鶴岡が加害者だったら、美寿々を辱《はずか》しめてるだろう。好きでたまらなかった女の裸身を見たら、性衝動《リビドー》は抑《おさ》えられなくなるんじゃないか。冷たくあしらわれて鶴岡がカーッとしたとしても、乳房や下腹部を傷つけたりはしないと思うよ。もし鶴岡が犯行《ヤマ》を踏んだとしたら、両手で美寿々の首を絞めてたんじゃないか。死ぬほど惚れてた女を残忍な方法で殺すわけない」

「先輩の言う通りでしょうね。好きな女は憎みきれないだろうからな」

「岩佐、妙に実感があったな。そこまで惚れ抜いた女が過去にいたのか。知らなかったよ」

「だいぶ昔のことです。去っていった女のことなんか思い出したくないな。それより、先輩は誰が鶴岡を陥れようと企んだんだと思ってるんですか？」

「疑わしい奴はひとりじゃないんだ」

三上は自分の推測を簡潔に喋って、通話を切り上げた。急いで部屋を出て、地下駐車場のプリウスに乗り込む。

三上は車を江戸川区に向けた。

小松川署に着いたのは、一時間数十分後だった。所轄署の周辺には報道関係者の車が二十台近く縦列《じゅうれつ》に連《つら》なっている。関東テレビの車輌も目に留《と》まった。

三上は署の建物から五、六十メートル離れた路上に車を停め、すぐにエンジンを切った。グローブボックスから小型双眼鏡を取り出した。

あたりに人影がないことを確認してから、双眼鏡を覗く。倍率を上げると、地元署の表玄関がくっきりと見えた。

駐車場には、交通課のミニパトカーが二台駐《と》められているだけだった。白黒パトカーや覆面パトカーは一台も見当たらない。

まだ鶴岡の居所はわかっていないのだろう。公園は真っ先に当たったはずだ。しかし、どの公園にも鶴岡はいなかったにちがいない。

鶴岡は自分が警察に疑われていることを知らないのだろうか。そんなことはないだろう。誰かが自分を殺人犯にしようと企んだことに思い当たって、民家の大型物置きの中にでも隠れているのか。

あるいは、陽《ひ》が高くならないうちに盗んだ自転車かバイクで区外に逃れたのだろうか。それとも、ヒッチハイクで都内から脱出したのか。

警察嫌いな市民は割に多い。居丈高《いたけだか》に職務質問された者は、そのことを決して忘れないだろう。ヒッチハイクに協力してくれたドライバーが警察に反感を持っていれば、同乗者に不審な点があっても目的地に届けてやりそうだ。

鶴岡はとうに東京を離れて、関東近県のどこかにいるのかもしれない。そうだったら、ここで張り込んでいても無駄だろう。

三上はそう思いながらも、プリウスを走らせることはできない。案外、そのうちに鶴岡は捜査員と一緒に姿を現わすかもしれなかった。

三上はひたすら待った。

正午になっても、新聞記者や放送記者は動かない。テレビクルーも所定の位置に坐り込んだままだった。

三上は、船橋市金杉にある竹中宅に車を向けたい誘惑に駆られた。竹中が帰宅していれば、鎌をかけることもできるだろう。その結果、新井創と加納美寿々の事件がリンクしているかどうかわかるかもしれない。

じっとしているのがもどかしくてならなかった。だが、そのうち任意同行に応じた鶴岡が刑事たちと小松川署に入っていく可能性もあった。

午後二時を過ぎても、なんの動きもなかった。

初動捜査に当たっている刑事に裏をかかれたのだろうか。警察が捜査対象者に任意同行を求めたという情報を摑むと、報道関係者は捜査本部の置かれた警察署に一斉に駆けつける。今回の事案はまだ初動捜査の段階で、小松川署に捜査本部が設置されたわけではない。それでも、新聞記者やテレビ局の記者は所轄署に駆けつける。

ごくたまにだが、警察は被疑者を所轄署に任意同行しない場合もある。その場合は交番の休憩室などで事情聴取が行なわれる。

三上は私物のモバイルフォンで、岩佐に電話をかけた。

「忙しくて仕事を中断するわけにはいかないんだろうな。ちょっと協力してほしいことがあるんだが……」

「二時間半ぐらいなら、職場を抜けられますよ。何を手伝えばいいんです?」

岩佐が小声になった。三上は経緯《けいい》を要領よく話し、車で小松川署の近くまで来てもらえないかと打診した。

「わかりました。四十分ぐらいで、そちらに行きます。東京地検《うち》のエルグランドで向かいますよ」

「無理を言って悪いな」

「どうってことありませんよ。それじゃ、後《のち》ほど！」

岩佐が電話を切った。

沙也加に協力を求めるべきだったか。三上は私物の携帯電話を懐に戻してから、胸中で呟いた。

岩佐は公務員だ。職務中に私用で外出したことが発覚したら、停職処分を科せられるだろう。沙也加は民間のテレビ局の社員である。そこまで厳しくは処分されないと思う。

だが、小松川署の前には関東テレビの記者たちがいる。編成部員の沙也加が記者めいたことをしていることを知られたら、風当たりは強くなるだろう。

　際どいことをしてくれる大学の後輩には何かで埋め合わせをするつもりだ。

　三上はそう考えながら、セブンスターに火を点けた。なんの変化もないまま、時間がいたずらに流れていく。

灰色のエルグランドがプリウスの後ろに停まったのは、四十数分後だった。

三上は車を降り、エルグランドの横に立った。岩佐が運転席側のパワーウインドーを下げた。

「鶴岡が署内に入ったら、すぐ電話してくれないか」

「わかりました」

「頼むな」

三上はプリウスに急いで乗り込み、ギアをD《ドライブ》レンジに入れた。すぐさま車を発進させて、区内の交番を巡った。

どの交番の前にも、警察車輛は駐められていない。まだ鶴岡の居所はわかっていないようだ。読みは外れてしまった。

三上は胸中で岩佐に謝ってから、プリウスを小松川署のある方向に走らせはじめた。

第四章　気になる作為

1

夕闇が濃くなった。

三上は、数十分前にプリウスを小松川署に近い場所に移動させていた。あたりは薄暗くなり、人目につきにくくなった。そんなことで、車を所轄署に近づけたのだ。

検察事務官の岩佐は、だいぶ前に職場に戻った。

懐で捜査用の携帯電話が鳴ったのは、六時二十分過ぎだった。三上は携帯電話を摑み出し、ディスプレイを見た。発信者は刑事課長の伏見だった。

「加納美寿々の司法解剖は東大の法医学教室で行なわれたんだが、やはり検視官の見立ては正しかったよ。被害者は性的な暴行は受けてなかった」

「そうですか。伏見さんが本庁機捜から情報を得たんですね?」

「いや、神谷署長が情報を集めてくれたんだよ。わたし自身が動くと、捜査本部の連中が気を悪くするだろうからと署長が気を遣《つか》ってくれたんだ。被害者の死亡推定時刻は、きょうの午前五時から同六時二十分の間とされた。死因は出血性ショックだそうだ。西洋剃刀で頸動脈を切断された時点で、ほぼ即死だったらしい」

「そうなんでしょうね」

「それから、鶴岡が事件現場付近で目撃されたのは午前五時十五分前後だったそうだよ。目撃者の証言によると、誰かを待ってるように見受けられたそうだ」

「誰かに現場に呼び出されたんでしょう。凶器に鶴岡の指掌紋は付着してなかったんでしょ?」

「それがね、西洋剃刀の柄から鶴岡の指紋と掌紋が出たらしいんだ」

「えっ、そうなんですか!?」

三上は驚いた。

「0ただね、被害者の衣服や体には鶴岡の指紋《モン》はまったく付着してなかったという話だったな。現場には鶴岡の頭髪、衣服の繊維片は落ちてなかったそうだから、真犯人《ホンボシ》が何らかの方法で鶴岡の西洋剃刀を手に入れて……」

「鶴岡の犯行と見せかけたんでしょうね」

「そうなんだろう。鶴岡の居所は依然として不明だが、殺人の嫌疑は消えるはずだ。任意同行は求められるだろうがね」

「鶴岡はシロなんでしょうが、もう少し小松川署の近くに留《とど》まることにします。事情聴取を受けた後、鶴岡に接触を試みたいんですよ」

「ああ、そうしたほうがいいね。鶴岡がいつも持ち歩いてた西洋剃刀をどこかで落としたのか、あるいは誰かに奪われたのかがわかれば、一歩前進だからな。三上君、よろしく頼むよ」

伏見の声が途絶《とだ》えた。

三上は携帯電話を上着の内ポケットに戻し、小松川署に視線を注いだ。報道関係者が色めき立ったのは、午後八時数分前だった。

捜査車輛が次々に小松川署の駐車場に入っていったからだ。五台だった。

初動捜査に当たっている刑事たちがようやく鶴岡の居場所を突きとめ、任意同行を求めたにちがいない。

ワンボックスカーから出てきた鶴岡が捜査員たちに囲まれた形で、すぐに署内に入っていった。

新聞社とテレビ局の車が四、五台、小松川署を離れた。鶴岡が真犯人の可能性は低いということをデスクから教えられ、一部の報道関係者が持ち場から離脱したのだろう。

それでも、残った報道関係者は二十人以上はいた。どの顔も疲労の色が濃い。事件の加害者が鶴岡ではないという情報を得ている者が多いようで、落胆の色をにじませていた。

四十分ほど過ぎると、署の玄関から鶴岡が姿を見せた。

すかさず大勢の記者たちが鶴岡に駆け寄り、矢継《やつ》ぎ早《ばや》に質問しはじめた。三上はパワーウインドーを下げた。

「あんたたち、勘違いしてるんじゃないかっ。おれは犯人じゃないよ。加納美寿々は、おれの女神だったんだ」

鶴岡が叫ぶように言った。すかさず男性記者のひとりが問いかけた。

「でも、あなたはきょうの午前五時過ぎに現場付近の土手道を行ったり来たりしてましたよね？　そういう目撃証言があるんですよ」

「その通りだけど、おれは人殺しなんかじゃない」

「あなたが疑われても仕方ないんじゃないですか。現場に遺《のこ》された凶器は鶴岡さんの西洋剃刀で、柄からあなたの指掌紋が検出されたんですから」

「剃刀は昨夜《ゆうべ》、どこかで落としたんだと思うよ。そうじゃなかったら、公園のベンチで寝入ってるときに誰かがポケットから抜き取ったんだろうな。おれ、時々、野宿してるんだよ」

「その話が事実だったとしても、まだ疑いは残りますね」

別の記者が話に割り込んだ。

「なんでだよ？」

「あなたは被害者が殺された現場近くで目撃されてる。それも、死亡推定時刻にです」

「おれは誰かに嵌《は》められたんだっ。美寿々はジョギングコースをちょくちょく変えてたんだよ」

「あなたが被害者につきまとってたから、コースを変える必要があったんでしょ？」

「美寿々はおれを嫌ってたわけじゃない。恋の駆け引きをしてたんだよ。だから、おれを嫌ってる真似をしたり、焦《じ》らしたりしてたんだ」

「あなたがそう思ってるだけで……」

「おれたちは両想《りょうおも》いだったんだっ。そう、そうなんだよ」

「その話はともかく、なぜ現場近くにいたんです？」

「昨夜《ゆうべ》、誰かがおれの携帯に電話してきて、きょうの美寿々のジョギングコースを教えてくれたんだ。だから、おれは現場に行ったんだよ」

「電話をかけてきた相手の着信履歴は残ってますよね？」

「相手は公衆電話を使ったんだ。送話孔にハンカチか何か被せてたみたいで、くぐもった声だったよ。男の声だったけど、年齢《とし》はちょっとわからなかった」

「それで、加納美寿々さんは土手道を走ってきたんですか？」

「ああ、来たよ。美寿々はおれに気づくと、河原に駆け降りたんだ。いつもの焦らしだよ。おれは、そのうち美寿々が土手道に上がってくると思ってたんだよ。けど、なかなか姿を見せなかった。だからさ、河川敷に下《くだ》ってみたわけさ。そしたら、素っ裸の美寿々が血だらけで倒れてたんだ」

「それで？」

「おれはなんか怖くなって、現場から走って逃げた。大好きだった女を殺すわけないじゃないか」

鶴岡が泣き崩れた。記者たちは顔を見合わせ、それぞれ会社の車に乗り込んだ。

報道関係者が去ってから、ようやく鶴岡は立ち上がった。病人のような足取りで歩きだした。打ちひしがれた様子だった。

三上はプリウスを発進させ、低速で鶴岡の後《あと》を追いはじめた。

鶴岡は数十分歩き、荒川の河口の護岸から小さな船着場に降りた。モーターボートやプレジャーボートが四隻ほど舫《もや》われている。

三上は車を停め、護岸に忍び寄った。

長さ五メートルあまりの桟橋を覗き込む。鶴岡がモーターボートのカバーを捲《めく》り、後部座席に乗り込んだ。すぐに体を横たえ、防水シートをかける。どうやら鶴岡は公園のベンチや係留中のモーターボートの中で睡眠をとっていたようだ。

三上は静かに桟橋に降りた。踏み板が小さく鳴った。

鶴岡が防水シートを撥《は》ね上げ、上体を起こした。三上は小型懐中電灯を点け、モーターボートを照らした。

「あ、あんたはおれを追ってた奴じゃないか⁉」

額に小手を翳《かざ》した鶴岡が声を裏返らせた。

「警察の者だが、そっちを捕まえにきたわけじゃない」

「おれは絶対に加納美寿々を殺してないって」

「わかってるよ。そっちと記者たちの遣り取りを小松川署の前で聞いてたんだ。おれは、五月十四日に渋谷署管内で殺害された新井という公安調査官の事件を担当してるんだよ」

「そうだったのか」

「新井創のことは知ってるな？」

「うん、まあ」

「加納美寿々は新井に抱き込まれてSになった振りをして、実は公安調査庁の内部情報を得てたんだよな？　つまり、ダブルスパイだった」

「美寿々は『福音救済会』の湯浅代表を尊敬してたから、ダブルスパイになったんだと思うよ。本当は気が進まなかったのかもしれないけどさ。公安調査官殺しに『福音救済会』が関与してるの？」

「その疑いがありそうなんだ」

「待ってよ。美寿々を好きになった新井は、教団にとっては大事な情報提供者だったんだぜ。なぜ、殺さなきゃならなかったわけ!?　それがわからないな」

「おそらく新井は『福音救済会』が黒磯猛や柏竜太郎と黒い関係にあって、違法ビジネスで布教活動費を捻出してる証拠を握ったんだろうな」

三上は言った。

「だから、教団の湯浅代表が誰かに新井創を始末させたんじゃないかってことか」

「そう疑えなくもない」

「でもさ、新井は美寿々に立ち入り検査の日程を事前に流してたんだよ。『福音救済会』の弱みを暴《あば》いたら、自分も懲戒処分になっちゃうでしょ？」

「そうだろうな。新井は自滅覚悟で『福音救済会』を潰す気になったんだと思うよ。それだけ教団は悪事を働いてたんだろう。違うかい？」

「湯浅代表は師である衣笠満から、善人を救うためには法律や道徳は無視してもかまわないと教えられてきたんだ。だから、アナーキーな考え方が行動哲学になってるんだよ。そうでもしないと、腐敗した社会のシステムを変えることはできないでしょ？　おれは代表の考えに共鳴できたんで、入信したんだ」

「それなのに、なぜ脱会したんだい？」

「教団の幹部たちの嫉妬による厭《いや》がらせに耐えられなくなったんでさ、脱会したんだよ。美寿々は照れ隠しにおれを邪慳《じゃけん》にしてたが、みんなは彼女が実は……」

「そっちに惚れてたことを知ってた？」

「ビンゴ！　おれたちはラブラブだったんだ」

「そう思ってたのは、そっちだけだったんじゃないのか？」

「おれを怒らせたいのかよっ」

鶴岡が声を尖《とが》らせた。

「話題を変えよう。教団は黒磯組の組長の娘を強引に入信させようとしたことで、父親に因縁《いんねん》をつけられたんだろ？」

「そう。それで、湯浅代表は黒磯猛と兄弟分の盃を交わした、『報国義勇隊』の柏竜太郎隊長に泣きついて仲裁に入ってもらったんだ。組長に一億八千万の詫び料を払って、極右団体のボスには一億二千万の謝礼を渡したはずだよ」

「やっぱり、そうだったか。教団は入信者の預貯金を吐き出させてたようだから、だいぶ資産はあったわけだ？」

「信者は強制的に寄附させられたわけじゃないよ。誰もが喜んで持ってる物すべてを教団に差し出したんだ。所有欲を捨てないと、天国に行けない。無欲になることが大事なんだよ」

「そうか」

三上は反論しなかった。脱会したとはいえ、鶴岡が刷《す》り込まれた教えは消えきっていないのだろう。異論を唱《とな》えたら、手がかりは引き出せなくなるにちがいない。

「合計三億の臨時支出は痛いよね。だから、湯浅代表は信者の親兄弟からも寄附を募《つの》ったんだ。だけど、すんなり浄財を出してくれる者はあまり多くなかった」

「そこで、湯浅は黒磯や柏の手下たちに寄附金を集めてもらうようになったんじゃないのか？」

「そうなんだよ。強面《こわもて》の連中に寄附を求められたら、追い返せなくなっちゃうよね。それで、臨時支出の何倍もの浄財が集まったんだ」

「その金の何割かは黒磯と柏に回されたんだろうな」

「と思うよ。そのあたりのことはよく知らないんだ。幹部連中はわかってるだろうけどね」

「湯浅渉はそうした借りを作ってしまったんで、黒磯組の銃刀類を教団で預からざるを得なかったんじゃないのか？」

「そこまで調べ上げてたのか。日本の警察はやるね」

「暴力団や極右団体と腐れ縁ができてしまった教団は、悪事の片棒を担ぐようになったんだよな？」

「悪事の手伝いってことになるんだろうけど、黒磯組と『報国義勇隊』は一般市民に迷惑をかけてたわけじゃないんだ。汚れた金を受け取ってた政治家や官僚を強請《ゆす》ったり、大企業の不正やスキャンダルを恐喝材料にしてたんだよ。大口の脱税をしてる成金《なりきん》たちも隠し金を巻き揚げられたはずだ」

「教団の幹部信者は脅迫の実行犯にさせられたんじゃないのか。集金もやらされてたんだろうな」

「うん、そう。ほかに黒磯組と対立してる組織の上納金の強奪もしたよ」

「現金輸送車を襲ったこともあるんじゃないのか？」

「それも、何回かやったんだよね。だけど、信者は犯罪のプロじゃないから、成功したのは一回だけだった」

「ほかには、どんな悪事に教団は加担してたんだ？」

「『報国義勇隊』に頼まれて左翼系文化人たちの息子や娘のスキャンダルを恐喝材料にし、言論活動を休止させたこともあったな。黒磯組の依頼で、他人や架空名義で契約した携帯電話を大量に黒磯組長の自宅に届けたこともある」

「いわゆる〝トバシ携帯〟は、地下マーケットで高値で流通してるからな。闇金業者、薬物の密売人《プッシャー》、裏風俗の援助デリバリー派遣業者たちが一台十五万から二十万円で買ってるらしい」

「教団は頼まれた悪事に協力してるだけじゃなく、非合法ビジネスもやってるんだ」

「たとえば、どんな違法ビジネスをやってるんだい？」

「マジコンってわかる？」

　鶴岡が訊いた。

「マジック・コンピューターの略だろ？」

「そう。買わなきゃ遊べないゲームソフトをインターネットからダウンロードして使えるようにしてしまう代物なんだが、秋葉原のジャンク通りでこっそり売られてる。それを買ってさ、ネット販売してるんだ。海賊版ソフトの儲けはでかいんだよね」

「そうなのか」

「正規品なら一本数万円するソフトがさ、五、六千円で手に入る。それを二、三倍の売り値で大量に捌《さば》いてるんだから、おいしい裏ビジネスだよね。海外医薬品の個人輸入も儲かるな」

「ＥＤ治療薬のバイアグラ、シリアス、レビトラなんかは人気商品なんだろ？　病院に行けば、そうした勃起薬は処方してもらえるんだが、カッコ悪いと思う男たちが多いにちがいないからな」

「そうだろうね。とにかく、ＥＤ治療薬は売れるんだ。正規品を並行輸入で仕入れて転売しても、利幅はそんなに大きくない」

「中国や韓国で密造されてる偽のＥＤ治療薬も密かに売ってるんだろ？」

「そう。ＥＤ治療薬のほかに、錠剤型の発毛剤、痩《や》せ薬、中絶薬の偽物も売っちゃってるね。そういう危《ヤバ》い商売は、たいがい在家信者が任されてるんだ」

「危険ドラッグなんかもネット販売してそうだな」

「もちろん、やってるよ。違法すれすれの商品を売っても摘発の対象にならないからね。

ケミカル系の商品を販売すると、薬事法に引っかかる恐れがある。けど、ナチュラル系のハーブなら、焚《た》いて香りを楽しむという言い訳ができるじゃない？」

「そうだが、実際には液体状のリキッドや合成粉末にした商品も扱ってるんだな？」

「ニーズがあるからね。ハーブ系だとマリファナの代用品として人気がある〝クラッシュ〟があるんだ。リキッド系では〝トリニティ〟が売れ筋だな。フレーバー系では〝ハーレム〟がよく出てるらしい。ラブドラッグと呼ばれてるんだ」

「ケミカル系は、鼻から吸引する商品が多いんだろ？」

「そう。〝白シール〟と呼ばれてる商品は八千円と安くないんだけど、強烈なアッパー作用があるみたいだよ。だから、クラブで踊ってる若い奴らには人気があるんだってさ」

「そうか。そっちは在家信者の竹中雅也のことを知ってるな？」

　三上は問いかけた。

「竹中さんは哲学者というか、昔のヒッピーみたいな感じだね。ユニークな男性《ひと》だよ。大学生のころは過激派に関心があったとかで、アナーキーな面があるんだ。だから、『福音救済会』に入信したんだろうな。本当は『聖十字教』に入りたかったようだけど、もう教団は解散してたからね」

「竹中は東日本大震災が発生した半年後ぐらいからウクライナに頻繁《ひんぱん》に出かけて、ガイガーカウンターを買い付けたようだな。それは、黒磯組長の災害便乗ビジネスの手伝いをさせられてたんだろ？」

「そうだよ。収益の三十パーセントを教団が受け取ってたんで、そこそこ儲かったはずさ。竹中さんは裏ビジネスの責任者だけあって、商才があるんだ。普通の浄水器を放射能除去装置付きだと騙《だま》して、一台四十万円で被災地で二百数十台も売ったんだよ。湯浅代表は喜んでたな。その裏ビジネスは黒磯や『報国義勇隊』から回ってきた仕事じゃないから、儲けはそっくり教団に入ったんでね」

「教団は世界の善人を救うとか大層なことを言ってるが、ただの犯罪者集団じゃないか」

「そういう側面もあるけど、標榜《ひょうぼう》してることは正しいんだ。間違ってはないんだよ。手段は少し荒っぽいけどね」

「ま、いいさ。竹中は船橋市金杉の借家で独《ひと》り暮らしをしてるようだが、留守がちみたいだな。ふだんはどこにいるんだい？」

「以前はそこにいつもいて裏ビジネスをこなしてたんだけど、おれが脱会する少し前に長野の諏訪《すわ》湖畔にある教団の保養所で暮らすようになってたんだ。船橋の借家には月に一度ぐらいしか戻ってないと思うよ」

「そうか。話を戻すが、そっちは正体不明の男に電話で加納美寿々の今朝《けさ》のジョギングコースを教えられたらしいな。記者たちにそう言ってたよな。そのことは本当なのか？」

「嘘じゃないよ。公衆電話からコールした奴は、教団関係者臭いな」

鶴岡が言った。

「そう思ったのは、どうしてなんだ？」

「美寿々のジョギングコースをおれに電話で教えてくれた奴は、彼女のことをエンジェルと呼んでたんだよ。男の信者たちの多くは、美寿々のことをニックネームで呼んでたんだ」

「代表の湯浅も、そう呼んでたのかな？」

「苗字で呼びかけることが多かったけど、たまに美寿々をエンジェルと言ってたな」

「そうか」

「あんた、代表を疑ってるの⁉　湯浅代表は美寿々を自分の妹のようにかわいがってたんだ。広報を任せてたのは、美寿々が綺麗《きれい》だったからだけじゃないはずだよ。有能だったから、秘書みたいに連れ歩いてたんだろう。そんなエンジェル、いや、美寿々を湯浅代表が邪魔者扱いするわけないよ」

「しかし、加納美寿々はダブルスパイと見破られたようだし、教団の違法ビジネスのことを新井創に覚《さと》られたかもしれないんだ。警視庁公安部が本格的に内偵捜査を開始したら、

『福音救済会』は解散に追い込まれることになるだろう」

「そうだとしても……」

「湯浅は女には興味がなく、『聖十字教』の幹部だった収監中の死刑囚に惚れてたらしいじゃないか」

「代表が稲葉洋《いなばひろし》と親密だったという話は聞いてるが、美寿々を消すなんてことは考えられないよ。公安調査官の新井を誰かに始末させたかもしれないけどさ」

「湯浅が加納美寿々に目をかけてたことは間違いないんだろう。しかし、教団と美寿々の両方を秤《はかり》にかけたら……」

「教団のほうが重いか。あんたが言った通りなら、おれの西洋剃刀を拾ったか抜き取ったのは教団関係者なのかもしれないな」

「その疑いはあるな。そっちは脱会後も、美寿々にストーカーのようにつきまとってた」

「おれはストーカーなんかじゃないっ。ただ、美寿々の顔を見たかったんだ。天使《エンジエル》に会いたかっただけなんだよ」

「その天使がこの世から消えてしまったんだ。どうする気だ？」

「美寿々のいなくなった東京にいても仕方ないから、明日、実家のある浜松《はままつ》に帰るよ。交通費は残してあるんだ」

「そうしたほうがいいな」

三上は体をターンさせ、護岸に上がった。

2

間もなく諏訪ＩＣ《インターチェンジ》に達する。

三上は高速でプリウスを走らせていた。中央自動車道の下《くだ》り線だ。鶴岡から手がかりを得た翌日の午後二時過ぎである。

前夜、三上は念のため、竹中雅也の自宅に回ってみた。やはり、留守だった。『福音救済会』の保養所に竹中はいると踏んだのである。

三上は午前中に在家信者を装い、教団本部に電話をして上手に保養所の所在地を聞き出した。保養所は下諏訪《しもすわ》町にあるという。諏訪湖博物館の裏手にあるらしい。ただ、現在は一般信者たちの宿泊は許されていないという話だった。

おそらく違法ビジネスの秘密基地として、幹部クラスの信者しか出入りできなくなっているのだろう。竹中は何人かの在家信者を保養所に呼び寄せ、裏仕事で教団の運営資金をせっせと捻出しているようだ。

　車が諏訪ＩＣに到着した。スロープを下り、国道二十号線に入る。しばらく道なりに進むと、上諏訪《かみすわ》の温泉街に到達した。

　三上は温泉街を通り抜けた。左手に諏訪湖が見えてきた。湖面は陽光にきらめいている。光の鱗《うろこ》が眩《まばゆ》い。

　やがて、諏訪湖博物館を通過した。前方の右手に、諏訪大社秋宮がある。その少し手前に脇道があった。沿道には別荘や保養所らしき建物はない。

　三上は右のウインカーを明滅させ、プリウスを脇道に入れた。

　二百メートルほど走ると、右側にペンション風の建物があった。三方は雑木林で、近くに民家は見当たらない。『福音救済会』の保養所ではないか。

　三上はプリウスを道路の端に停めた。

　捜査用携帯電話を懐から取り出し、東京を出発する前に伏見刑事課長から送信してもらった写真メールを再生する。ディスプレイに映し出された竹中の顔写真は、本庁運転免許本部が提供してくれたものだ。

　被写体は長髪で、確かに哲学者っぽい顔立ちである。頬がこけ、眼光は鋭い。

　三上は竹中の顔を瞼に焼きつけ、折り畳んだ携帯電話を上着の内ポケットに収めた。

　そのすぐ後、反対側の内ポケットで私物のモバイルフォンが震えた。電話の主は岩佐か、沙也加だろう。

三上は私物の携帯電話を摑み出した。

発信者は沙也加だった。彼女には、朝のうちに前日の経過を電話で伝えてあった。

「少し前に報道部に偵察に行ってきたんだけど、デスクは湯浅代表が加納美寿々殺しに絡んでると思いはじめてるようよ。というのは、一昨日《おととい》の夜、湯浅と美寿々が何か言い争ってたらしいの。報道部の記者が教団本部から出てきた信者から聞き出したようだから、二人が揉めてたのは間違いないんじゃない？」

「ああ、多分ね」

「これは推測なんだけど、美寿々は教団が違法ビジネスを重ねつづけるのはよくないと代表に進言したんじゃないのかしら？」

「湯浅は、教団の暗部を知りすぎてる加納美寿々を危険人物と感じるようになったんで……」

「誰かに美寿々を殺させたんじゃないのかな、鶴岡一仁の犯行に見せかけて。加納美寿々のジョギングコースを鶴岡に教えて罠を仕掛けたのは、湯浅自身だったんじゃないのかな」

「幹部信者が何らかの方法で鶴岡の西洋剃刀を手に入れて、罠に嵌めたとも考えられるぞ」

「どっちにしても、美寿々の事件の首謀者は湯浅だと思うわ。それから、公安調査官殺しのほうもね。殺された二人が教団は裏でとんでもない悪事を重ねてると暴いたら、信者たちの大多数が脱会しちゃうと思うわ。脱会信者は『希望の灯』に流れることになるかもしれないでしょ？」

「そうだろうな。『希望の灯』の奥寺代表は師の衣笠の指示に行き過ぎがあったと公言してるが、『聖十字教』の教典や理念を全面的に否定してるわけじゃない」

三上は言った。

「ええ、そうね。湯浅は自分こそ衣笠満の後継者だと思ってるんだろうから、『福音救済会』が解散せざるを得なくなったら、それこそ敗北よね。袂《たもと》を分かった奥寺健人には絶対に負けたくないはずだから、都合の悪い人間は消したいと考えるんじゃない？」

「そうだろうな」

「謙さん、そろそろ諏訪市に入ったころ？」

「少し前に、教団の保養所と思われる建物を見つけたんだ」

「そうなの。竹中という裏ビジネスの責任者を締め上げれば、二つの殺人事件は落着しそうね。頑張って！」

沙也加が電話を切った。

三上は私物のモバイルフォンを懐に仕舞《しま》い、プリウスから出た。数十メートル引き返し、ペンション風の二階家に目をやる。だいぶ大きい。十五、六室はありそうだ。門には『福音救済会研修所』という看板が掲げられている。防犯カメラも設置されていた。建物の中は静まり返っている。広い車庫は空だった。

竹中は信者仲間と外出中なのか。それとも、別の場所に裏ビジネスの拠点があるのだろうか。

三上は家屋の中に侵入する気になった。

あたりを見回してから、左手の雑木林の中に足を踏み入れる。防犯カメラには姿は映らないはずだ。

三上は雑木林の奥まで進んだ。新緑の匂いは濃厚だった。むせ返りそうになる。三上は両手に布手袋《ぬのてぶくろ》を嵌め、靴にシューズカバーを被せた。

丸太の柵《さく》を越え、敷地内に入る。建物の側面と裏面には、一台も防犯カメラは設置されていない。

三上は厨房《ちゆうぼう》の勝手口の前で足を止め、ピッキング道具を使って解錠した。ノブをそっと回し、細くドアを開ける。

三上は耳をそばだてた。

人の話し声はしない。物音もまったく聞こえなかった。三上は厨房に身を滑り込ませ、ドアを閉めた。

調理台には、数種の野菜が無造作に置かれていた。シンクに目をやると、四枚のカレー皿とスプーンがあった。ルゥがこびりついている。

竹中たちは、どうやら自炊しているようだ。ガスコンロの上には、大きな鍋が載っていた。蓋《ふた》を取ると、チキンカレーが半分近く残っている。炊飯器も保温状態になっていた。大型冷蔵庫には、さまざまな食材が入っている。

三上は厨房を出て、エントランスホールの横にある大食堂を覗いた。右端の大きなテーブルの上にマグカップが四つ載っていた。灰皿には吸殻が重なっている。

三上は逆戻りし、階下の六室を検《しら》べた。

四室のベッドは使われていた。寝具は乱れている。ハンガースタンドには、男物の衣服が掛けられていた。

どの部屋の壁にも、黒十字が掛けられている。信者たちが黒十字の前にぬかずいて、祈りを捧げているのではないか。各室の部屋の隅にチェストが置かれ、下着や靴下が詰まっていた。最上段の引き出しには、コンドームの箱が入っていた。

竹中たちはデリバリーヘルス嬢でも呼び、それぞれが性欲を満たしているのだろう。どの部屋にも、運転免許証や預金通帳の類《たぐい》は入っていなかった。各自が持ち歩いているにちがいない。

残りの部屋には、段ボール箱が積み上げられていた。中身は有名ブランドのコピー商品だった。バッグの数が最も多かったが、スカーフや腕時計もあった。

竹中たちは中国や韓国から仕入れた偽ブランド品をネット販売しているのだろう。在庫は売れ残り品なのかもしれない。

浴室とトイレは薄汚れていた。何カ月も掃除をしていないらしく、埃《ほこり》が溜《た》まっている。洗面所の汚れも目立った。色違いのプラスチックのコップが四つ並び、それぞれ歯ブラシが突っ込んであった。ハンドタオルも四枚掛かっている。

三上は二階に上がった。個室は十室あった。

洗面所とトイレが並び、その向こうに蒲団《ふとん》部屋が見える。寝具やシーツが棚《たな》に収められているだけだ。不審な物は目に留《と》まらなかった。

三上は各室をチェックした。

最初の部屋のスチール製の棚には、盗撮グッズが載っていた。超小型カメラの中に録画装置を組み込んだ一体型の商品がほとんどだった。しかも、ライター、ボールペン、腕時計などの偽装型製品ばかりだ。

盗撮は不道徳だが、その行為そのものを罰する法律はない。

もちろん女性のスカートの中をこっそり撮影すれば、都道府県が定める迷惑防止条例違反になる。また、盗撮目的で勝手に民家や建造物に入ったら、住居侵入罪か建造物侵入罪が適用される。

無免許で強い電波を出した場合は、電波法に触れる。だが、盗撮行為自体を取り締まることはできないわけだ。そんなことで、盗撮マニアの数はいっこうに減っていないのだろう。盗撮グッズの売上は悪くないのではないか。

次の部屋には、各種の制服が揃っていた。警察官、自衛官、海上保安官、消防官、ガードマンの制服はいずれも模造品ではない。制服マニアが盗み出した各種の服を買い取って、転売しているのか。

その隣の部屋のキャビネットには、各種の名簿が詰まっていた。同窓会名簿などはない。公共料金滞納者リスト、消費者金融の不良債務者リスト、大企業の株主名簿、詐欺商法の被害者リスト、パワーストーン購入者リストなどが並んでいる。独居高齢者名簿まであった。

犯罪者たちに名簿を高値で売って、教団は汚れた金を得ているのだろう。三上は義憤を覚えながら、別の部屋に移った。

そこには、見馴《な》れない外国の札束が積み上げられていた。よく見ると、スーダンポンドとイラクディナールだった。

三上は、四年前に起こったマイナー通貨詐欺事件をすぐに思い出した。検挙された詐欺グループは証券会社や投資会社を騙《かた》り、スーダンやイラクといった政情不安定な国の通貨を暴落中に買っておけば、近い将来必ず価値が上がると言葉巧みに持ちかけて、主婦や年配者に購入させていたのだ。

手口が悪質だった。犯人グループによって設定された取引レートは、公定レートよりも高かった。日本国内で換金することは難しい。そのことは伏せておいて、マイナー通貨を売りまくったわけだ。被害総額は三十億円を超えていた。

世界各地で内戦や民族紛争はいまも起こっている。その種の詐欺で大きな利益を得ることはできるだろう。

次の部屋には、大量の貴金属品が保管されていた。どれも、値札が付けられたままだった。窃盗犯グループから盗品を買い取ったのだろう。日本の貴金属は、インドや中国の宝石ブローカーが高値で買い取っている。充分に儲けが出るだろう。

教団は故買《こばい》ビジネスにまで手を染めていたのか。三上は呆《あき》れながら、隣室に移った。

そこには木製の箱が横に並べてあった。三上は中身を検《あらた》めた。各種の拳銃や短機関銃が収められていた。

弾箱の入った箱には手榴弾やダイナマイトも収めてあった。黒磯組から預かった物だろう。

三上は携帯電話を取り出して、木箱の中身を撮影した。この証拠画像を観《み》せれば、竹中は観念して知っていることは吐くだろう。

三上は階下に降り、厨房から裏庭に出た。雑木林を抜けて、プリウスに乗り込む。三上は、竹中たちが戻ってくるのを待つことにした。

午後四時になっても、教団の信者たちは戻ってくる気配がなかった。何か急用があって、遠くに出かけたのだろうか。

三上はそう思ったが、粘ってみることにした。

検察事務官の岩佐から電話がかかってきたのは、五時数分前だった。

「新宿署の組対課《そたいか》にいる後輩から新情報を得たんですよ。黒磯組は長いことメキシコ経由で密輸入されてる中国製の覚醒剤《シャブ》を売《バイ》してたらしいんですけど、一年ほど前から合成麻薬のMDMA《エクスタシー》を多く密売するようになったというんです。MDMA《エクスタシー》のことはご存じでしょ？」

「そのMDMA《エクスタシー》は錠剤で、ピンクと白の二種類があるんだよな？」

「そうです、そうです。ひところはタイ製の錠剤型覚醒剤のヤーバーが売れてたらしいんですが、混ぜ物の分量が多くなったとかで、少し値が高いMDMA《エクスタシー》が再評価されるようになったらしいんですよ」

「そうなのか。それは知らなかったな」

「組対《そたい》課は黒磯組のMDMA《エクスタシー》の卸し元を必死に突きとめようとしたらしいんですが、いまも供給源はわかってないそうです」

「覚醒剤《シャブ》を仕入れてる先からMDMA《エクスタシー》を買ってるんじゃないのか？」

「後輩たちもそう睨んでたみたいなんですけど、そうじゃなかったらしいんですよ。それで、自分は『福音救済会』の在家信者たちがどこかでMDMA《エクスタシー》を密造してるんじゃないかと思ったんですが……」

「実は、いま信州の諏訪湖の近くにいるんだ」

三上は経緯を話した。

「竹中たちが違法ビジネスの拠点にしてる教団の保養所の各室を検《しら》べても、MDMA《エクスタシー》を密造してる形跡はなかったんですか」

「そうなんだよ。もしかしたら、別の場所に合成麻薬の密造工場があるのかもしれないな」

「先輩、それは考えられそうですね。後輩の話によると、MDMA《エクスタシー》は大がかりな機械がなくても密造可能らしいんです。化学変化させたアンフェタミン分子を成型器《せいけいき》で固めるだけだから、一般住宅の中でも……」

「そうなのか。なら、この近くに合成麻薬の密造所があるのかもしれないな。このまま張り込んでみるよ」

「そうしてみてください。竹中が口を割るといいですね」

岩佐が通話を切り上げた。

三上は張り込みを続行した。前方から灰色のワンボックスカーがやってきたのは、六時四十分ごろだった。車は保養所の真ん前に停まった。三上は上体を助手席側に傾けた。

ワンボックスに乗っているのは、ドライバーだけだった。三上は体を少し起こし、窓の外を見た。

車から降りたのは竹中雅也だった。運転免許証に貼付《ちようふ》された写真よりも少し老《ふ》けて見える。竹中は保養所の中に慌《あわ》ただしく入った。外出先から何か必要な物を取りに戻ったのだろうか。そんなふうに映った。

三上は建物の中に強行突入したい衝動に駆られた。

しかし、思い留《とど》まった。竹中が黙秘権を行使《こうし》することも予想できた。そうなったら、一連の事件の解明に時間がかかる。合成麻薬の密造工場の存在を確認すれば、竹中も肚《はら》を括《くく》るのではないか。

三上は逸《はや》る気持ちを抑《おさ》えた。

竹中が表に走り出てきたのは十数分後だった。特に荷物は持っていない。取りに戻ったのは小さな物だったのだろう。

竹中はプリウスに目をくれることもなく、急いでワンボックスカーの運転席に乗り込んだ。車を数十メートル後退させ、側道《そばみち》で車の向きを変える。

三上は数十秒経《た》ってから、プリウスを発進させた。

ワンボックスカーは湖とは反対側に二キロほど走り、畑の中に建つ一軒家の敷地内に入っていった。いつの間にか、あたりは暗くなっていた。

三上は車を戸建て住宅から数十メートル離れた市道に停め、そっと運転席から離れた。

竹中が住宅の中に消えた。

その数秒後、大きな爆発音が轟《とどろ》いた。地も揺れた。凄まじい爆破音が空気を震わせ、家屋は巨大な炎に包まれた。

合成麻薬を密造中、化学薬品に引火してしまったのか。そうではなく、教団関係者が戸建て住宅に爆破物を仕掛け、竹中たちの口を塞《ふさ》いだのだろうか。どちらにしても、竹中はもう生きていないにちがいない。

ひとまず姿を消したほうがよさそうだ。三上はプリウスに乗り込み、すぐに走らせはじめた。

3

舌の先に苦さが残った。

いつもコーヒーはブラックで飲んでいる。こんなことは初めてだ。前夜の忌々《いまいま》しさが尾を曳《ひ》き、好きな飲みものがまずく感じられるのか。多分、そうなのだろう。

三上は苦く笑って、ガラストップのテーブルにマグカップを置いた。自宅だ。三上はリビングソファに坐っていた。

午後一時過ぎだった。三上は正午前に、刑事課長の伏見に電話で前日の出来事を報告してあった。神谷署長が面識のある長野県警本部長に探《さぐ》りを入れてくれることになっていた。

昨晩の爆発は単なる事故だったのか。そうではなく、湯浅が違法ビジネスに携わっていた竹中たち四人を誰かに爆殺させたのだろうか。気になるところだ。

三上はセブンスターをくわえた。

何口《なんくち》か喫《す》ったとき、コーヒーテーブルの上に置いた捜査用携帯電話の着信ランプが灯《とも》った。三上は手早く携帯電話を摑み上げた。発信者は伏見だった。

「いま署長室にいるんだ。三上君、きのうの爆発は事故だったよ」

「そうでしたか。揮発性の高い薬品に引火したんですかね？」

「そうらしい。全焼した家で竹中たちがＭＤＭＡ《エクスタシー》を密造してたことは間違いないな。焼跡にアンフェタミン、数種の化学薬品、それから成型器類が発見されたんだ。四人は半《なか》ば炭化してたんだが、歯の治療痕やＤＮＡ型で身許が判明した。玄関ホールで爆死したのは竹中雅也だった。奥で死んでた三人も身許はわかった」

「その三人も『福音救済会』の在家信者だったんじゃないんですか？」

三上は確かめた。

「そうだったよ。梶光一《かじこういち》、難波弘樹《なんばひろき》、宮脇信博《みやわきのぶひろ》の三人で、揃って三十代の前半だ。爆発現場の一軒家は宮脇個人が借りてたこともわかったらしい」

「長野県警は保養所も調べたんでしょうか？」

「聞き込みで地元署は竹中たち四人が『福音救済会』の保養所に寝泊まりしてることを知

って、午前十一時前に建物の内部に入ったらしいんだ。だが、違法ビジネスに関する物品は何もなかったそうだ」

「木製の箱に入ってた銃器類も密かに保養所から運び出されてたんですか？」

「署長は、長野県警本部長からそう聞いたとおっしゃってる。それから、竹中たち四人の私物も保養所にはまったくなかったそうだ」

「湯浅代表が爆発事故のことを知って、何人かの幹部信者を長野に向かわせたんでしょうね」

「おそらく、そうなんだろう。竹中、梶、難波、宮脇がMDMA《エクスタシー》を密造してたことは隠しようがないが、教団側は合成麻薬の密造には関わってないと言い張るため、保養所から都合の悪い物品はすべて運び出したにちがいないな」

「ええ。湯浅は、竹中たち四人が個人的に合成麻薬の密造をしてたってことで切り抜けるつもりなんでしょう」

「だろうね。しかし、三上君は木箱に入ってた銃器や手榴弾なんかを携帯のカメラで撮ってくれたんだったよな」

「ええ。教団が黒磯組から預かった銃器である証拠にはなりませんが、『福音救済会』を銃刀法違反容疑で追い込むことはできると思います」

「しかし、保養所から現物が消えてしまったわけだから、裁判所から令状は下《お》りそうもないな。撮影場所が教団の保養所であるかどうかは微妙なとこだろうから」

「ま、そうですね。もう長野県警は竹中たち四人の自宅や関係者宅の捜索を済ませたんでしょうか？」

「この時刻なら、まだ家宅捜索はやってないと思うよ。署長に直《じか》に訊いてみるか」

「ええ」

「いま、神谷署長に替わる」

伏見の声が途絶《とだ》えた。待つほどもなく神谷の声が三上の耳に流れてきた。

「昨夜《ゆうべ》は危ないとこだったな。きみが爆発の巻き添えにならなかったんで、ひとまず安堵《あんど》したよ」

「ご心配をおかけしました」

「とにかく、よかった。長野県警は所轄署の者を竹中たち四人の自宅や関係者宅に出向かせるはずだが、まだ家宅捜索には着手してないと思うよ」

「そうでしょうね。これから、竹中が借りてた船橋の家に行ってみます。違法捜査になりますが、家の中に入ってみることにします」

「少々の反則技は使ってもかまわないよ。そのことが発覚したら、わたしが一切《いっさい》の責任を負う」

　署長がそう言って、通話を切り上げた。

　三上は携帯電話を折り畳み、寝室で着替えに取りかかった。上着を羽織ったとき私物のモバイルフォンがナイトテーブルの上で震えた。

　電話をかけてきたのは、沙也加だった。彼女には午前中に前夜のことを伝えてあった。

「『Xの会』と称する正体不明のグループがマスコミ各社に犯行予告をフリーメールで新宿のネットカフェから一斉送信したこと、謙さんも知ってるでしょ？」

「いや、知らないな」

「警察には犯行予告のメールを送ってないのかしらね。『Xの会』は東京拘置所に収監されてる衣笠満と幹部信者六人を今夜九時までに無条件で釈放しなければ、法務大臣の棚橋《たなはし》喜紀《よしのり》を殺害すると予告してきたのよ」

「なんだって⁉」

「もしかしたら、その犯行予告のメールを送信したのは『福音救済会』の湯浅代表じゃないのかしら？　湯浅はいまも衣笠に帰依してるようだから、師と『聖十字教』の幹部六人を死刑にされたくないはずよ。だから、執行を阻《はば》む気になった。それで、『Xの会』という架空のテロリスト集団の名で新聞社やテレビ局に犯行予告メールを寄せたんじゃない?」

「そうだったとしても、政権党がやすやすと七人の死刑囚を釈放するわけないさ。閣僚を何人か人質に取って、死刑囚の釈放を求めたというなら、話は別だがね。それに、湯浅が犯行予告をマスコミに流したと疑える根拠があるわけじゃない」

「でも、『福音救済会』は追いつめられてるわ。公安調査官と加納美寿々の事件に関わってる疑いが濃いし、黒磯組や『報国義勇隊』との腐れ縁を暴《あば》かれる不安もあるでしょ? さらに数々の違法ビジネスで布教活動費を捻出してることが明るみに出たら、教団は維持できなくなるはずよ。在家信者たち四人に合成麻薬まで密造させてることを報道されたら、一巻の終わりよね?」

「だろうな」

「湯浅はパニック状態に陥ってるんだと思う。自分ひとりではどうしていいかわからなくなったんで、師の衣笠や六人の死刑囚を東京拘置所から救い出して、力を借りたくなったんじゃないかな」

「そうなんだろうか」

「法務大臣を殺害しても、七人の死刑囚を釈放する様子がうかがえなかったら、首相を含めた全閣僚をひとりずつ始末していくつもりなのかもしれないわ。ううん、もっと恐ろしいことを計画してそうね」

「どんなことを企んでると思う？」

「首都高速を次々と爆破して物流を滞《とどこお》らせて、国会議事堂や民自党本部を破壊し、さらに都心の上空から毒ガスを撒《ま》く気なんじゃないかしら？　そこまで過激なテロを重ねたら、衣笠たち七人の死刑囚を釈放せざるを得なくなるんじゃない？」

「カルト教団がそこまでやる度胸や覚悟はないさ」

三上は一笑に付した。

「『聖十字教』は、二十年前に連続爆破テロを繰り返してた過激派セクト『日本革命戦線』の実行犯たち数人を教団内に匿《かくま》って、その連中を高飛びさせてやったことがあったでしょ？」

「昔、そんなことがあったな」

「衣笠は目的達成のためなら、どんな連中とも手を組むタイプだと思うの。その愛弟子の湯浅渉も、そういう考えを受け継いでるんじゃないかな。現に『福音救済会』は暴力団や極右団体と繋《つな》がってるわけだから、過激派セクトの力を借りることも考えられるんじゃない？　クレージーな連中は、何か共通点があるんじゃないかな」

「そう言われると、まるで考えられないことじゃないように思えてきたな」

「警察の上層部は、『Xの会』の犯行予告のことを知ってそうだわね。謙さん、それとなく探りを入れてみたら?」

沙也加が、先に電話を切った。

三上は私物のモバイルフォンを上着の右の内ポケットに入れ、寝室からリビングに移った。コーヒーテーブルの上の官給携帯電話を掴み上げたとき、伏見刑事課長から着信があった。

「桜田門の本部庁舎に新聞社やテレビ局から通報が相次いだんだが、『Xの会』なる謎のグループがマスコミにとんでもない犯行予告をメールで送信したらしいんだよ」

「東京拘置所に入れられてる衣笠満を含めた七人の死刑囚を今夜九時までに無条件で釈放しなかったら、棚橋法務大臣を殺害するという犯行予告だったようですね?」

「三上君、よく知ってるな!?」

「関東テレビで働いてる知人がついさっき教えてくれたんですよ。ちょうど伏見さんに電話をしようと思ってたとこだったんです」

「そうだったのか」

「予告内容に間違いはないんですね?」

三上は問いかけた。

「そうなんだ。本庁の公安部に『Xの会』のことを訊いてみたんだが、捜査対象団体に指定されてなかったんだ。犯歴もなかったね。そこで、『福音救済会』が『Xの会』を名乗ったのかもしれないと考えたんだよ」

「知り合いのテレビ局員も同じ推測をしてました」

「そう。三上君はどう思ってるんだい？」

「知人のテレビ局員の筋読みを聞いたときは、『Xの会』と『福音救済会』を結びつけるのは無理があるんじゃないかと感じました。しかし、湯浅渉がいまも『聖十字教』の教主だった衣笠に帰依してることは間違いありません」

「そうだろうね。衣笠を含めて七人の死刑囚の釈放を願ってるんだろう。アウトローたちとの黒い関係や裏ビジネスのことを公安調査官の新井創に知られたようだし、加納美寿々をダブルスパイにしてたことをマスコミに報じられたら、教団のイメージダウンになるはずだ。湯浅は自分ひとりでは難局を乗り越える自信がないんで、師の衣笠や六人の幹部信者の知恵を借りることにしたんじゃないのかね？」

「そうなんでしょうか」

「教団の中に荒っぽいことを平気でやれる信者はそう多くいないだろうから、湯浅代表は黒磯組と『報国義勇隊』に死刑囚七人を安全な場所に導いてほしいと頼んだのかもしれないぞ。政府が要求を無視したら、予告通りに棚橋法務大臣を無法者に始末させる気なんじゃないかな」

「知り合いのテレビ局員も伏見さんと同じようなことを言ってました。そして、指示に従うまで都内の交通網を寸断し、国会議事堂や民自党本部を破壊して、さらに都心の上空から毒ガスを撒くのではないかと……」

「何がなんでも七人の死刑囚を東京拘置所から出してやりたいと切望してたら、そこまでやってしまうかもしれないな。そういうことまでしないとしても、閣僚全員の暗殺までは計画してるんじゃないか」

「首相や大臣たちの暗殺を企んでたとしたら、やくざや右翼だけでは実行は不可能でしょう。自衛隊の元レンジャー隊員とか傭兵《ようへい》崩れの狙撃手なんかを雇わないと、計画は遂《と》げられないと思います」

「とは限らないんじゃないか。過激派セクトのメンバーが他人名義のパスポートでフィリピン、アラブ圏、コロンビアなどに渡って現地の共産ゲリラの軍事訓練を受けた事例は一つや二つじゃない。過激派セクトのメンバーには凄腕のスナイパーがいそうだな。そういう奴なら、全閣僚を正確に射殺できるだろう」

「そうかもしれませんね」

「そういえば、二十年ほど前に衣笠満は、『日本革命戦線』の爆破テロ犯たちを『聖十字教』の教団本部に匿ってやって高飛びの段取りまでつけてやってる。証拠不十分で、衣笠は不起訴処分になったがね」

「衣笠の愛弟子の湯浅渉が過激派のどこかのセクトと友好関係にあっても、別におかしくはなさそうですね。方法論が独善的ですが、カルト教団も過激派も社会のシステムそのものを変える必要があると考えてる点では同じなんでしょうから」

「双方が共同戦線を張ることは考えられると思うよ。『福音救済会』と繋がりがありそうな過激派を洗ってみよう。署長経由で本庁公安部にそれとなく探《さぐ》りを入れてもらうよ」

伏見が電話を切った。

三上は携帯電話を上着の左側の内ポケットに突っ込み、部屋を出た。地下駐車場に降り、プリウスの運転席に腰を沈める。

三上は車を発進させ、目的地に向かった。最短コースを選んだが、何回か渋滞に引っかかってしまった。

船橋市金杉にある竹中宅に着いたのは、午後四時十分ごろだった。三上はプリウスを降りると、堂々と敷地内に入った。

まだ外は明るい。建物の裏側に回り込んだら、通行人や隣家の住民に怪しまれるだろう。

三上は竹中の知人の振りをして、ピッキング道具で玄関のドア・ロックを外した。ごく自然に三和土《たたき》に滑り込み、布手袋を嵌めて靴にビニールカバーを被せる。

間取りは3DKだった。最初にダイニングキッチンを検《しら》べたが、怪しい部品は何もなかった。三つの居室《きよしつ》を玄関ホールに近い順から調べはじめる。

最初と二番目の部屋には不審な物は隠されていなかった。三上は奥の部屋に足を踏み入れた。すると、段ボール箱が五つずつ三列に積み上げられていた。蓋はまだ閉じられていない。

三上は中身を検《あらた》めた。ビニール袋ごとに白とピンクの錠剤が分けて詰められている。MDMA《エクスタシー》だろう。

竹中は長野で密造した合成麻薬をいったん自宅に保管し、黒磯組に渡していたようだ。ビニール袋の数を数えていると、玄関のドアを開閉する音が伝わってきた。部屋の前の廊下は、玄関ホールに直線で繋がっている。

廊下に出るわけにはいかない。三上は押入れの襖《ふすま》をそっと開けた。上段には夜具が収められているが、下段には折り畳まれた座椅子が入っているだけだった。身を隠すスペースはあった。

三上は押入れの下段に素早く入り、静かに襖を閉めた。足音が近づいてくる。複数だった。二人だろう。

「MDMA《エクスタシー》がこんなに人気があるとは思わなかったぜ。タイ産のヤーバーは年々、混ぜ物が増えてるんで、客が離れちまった」

「でも、これが最後の品物《ブツ》になるわけだな。竹中たち四人が爆発事故で死んじゃったすからね」

「けど、製法はわかってる。組長《オヤジ》は教団の別の信者たちに薬物《クスリ》を密造させる気でいるみてえだから、品物《ブツ》は一時的に不足するだけだろう」

「そうっすね」

「オサム、早いとここの十五箱を車に積み込もうや」

二人の男が言い交わし、部屋に入ってきた。

黒磯組の若い組員のようだ。三上はショルダーホルスターからシグ・ザウエルP230を引き抜き、押入れから出た。二十代後半の男たちが驚きの声をあげ、後ずさった。

片方はオールバックで、背広姿だった。もう一方は白っぽいサマーブルゾンを着込み、黒いスラックスを穿《は》いている。丸刈りだった。背広の男のほうが少し年上のようだ。

「二人とも、両手を頭の上で重ねろ。言う通りにしないと、撃《ハジ》くぞ」

三上は凄んで、スライドを滑らせた。

男たちが竦《すく》み上がり、命令に従った。三上は片手で男たちの体を探《さぐ》った。どちらも物騒《ぶっそう》な物は所持していなかった。

「黒磯組の若い者《もん》だな？」

「そうだけど、おたくは誰？　筋を嚙んでるようには見えないけど、拳銃《チャカ》なんか持ってるんだから、素っ堅気じゃないんでしょ？」

髪をオールバックにしている男が掠《かす》れ声で言った。

「おれは強請屋《ゆすりや》だよ。黒磯猛は『福音救済会』にいろんな違法ビジネスの手伝いをさせ、竹中たち四人の在家信者にＭＤＭＡ《エクスタシー》を密造させてるなっ」

「えっ、そうなのか。おれたちはまだ末端の人間だから、シノギのことはよくわからないんだよ」

「空とぼけても意味ないぜ」

三上は薄く笑って、銃口を背広を着た男の眉間に突きつけた。相手が顔を強張《こわば》らせ、ひっと声をあげた。

「なんて名なんだ？」

「おれ、津久井《つくい》です。連れはオサム、白石修《しらいしおさむ》です。おれの下の名は哲則《てつのり》です」

「さっきの質問に正直に答えないと、引き金を絞ることになるな」

「や、やめてください」

「くたばりたくなかったら、知ってることを喋るんだな」

「でも、裏切り者になるのは……」

「なら、死ぬんだな」

「撃たないでください。おれ、津久井さんに世話になってんすよ。おれが口を割るっす。おたくの言った通りっすよ。組長《オヤジ》さんは『福音救済会』にも稼がせてやってるんだからって、合成麻薬の密造をさせたんす。でも、昨夜《ゆうべ》、竹中さんたちが爆発事故で死んじゃったんで、警察に押収される前にここにあるＭＤＭＡ《エクスタシー》を組事務所に移せって若頭《カシラ》に指示したとかで、おれたち二人が竹中さんの自宅に来たんす。スペアキーは竹中さんから預かってたんすよ」

「おまえ……」

津久井がかたわらの白石を見た。咎《とが》める眼差《まなざ》しではなかった。自分を庇《かば》ってくれた白石に感謝しているような表情だった。

「いい弟分じゃないか」

「おれたち、同じ時期に盃を貰ったんですよ。けど、おれのほうが一歳上なんで、白石はおれを立ててくれてるんです」

「そうか。それはそうと、黒磯組長は湯浅に頼まれて、組の誰かに新井創って公安調査官を殺《や》らせたんじゃないのか？」

「そうなんですか⁉　兄貴分から、そういう話は聞いたことないですね」

「なら、黒磯と兄弟盃を交わした柏竜太郎が殺しを請け負ったのかな」

「組長《オヤジ》は柏さんと親しくしてますが、おれたち下の者はわかりません」

「もしかしたら、どっちかが『福音救済会』の美人信者を手下に始末させたかもしれないんだよ」

「美人信者って、荒川の河川敷で殺された加納美寿々さんのことっすか？」

白石が話に割り込んだ。

「そうだ。湯浅がどちらかに美寿々を始末してくれと頼み込んだと疑えなくもないんだよ」

「うちの組長《オヤジ》は美寿々さんをかわいがってたすよ。柏さんも同じだったすね。だから、二人とも美寿々さんの事件にはタッチしてないっすよ」

「そのあたりのことは黒磯に直《じか》に訊いてみよう」

「おれたち二人を囮《おとり》にして、組長を誘《おび》き出す気なんすね？」

「そうだ。二人とも畳に腹這《ば》いになれ！」

三上は命じて、一歩退《さ》がった。

4

屈《かが》み込む。

三上はシグ・ザウエルP230の銃口を津久井の頭部に密着させた。津久井がわなわなと震えはじめた。

「おれたちを撃《ハジ》くの⁉」

「場合によってはシュートすることになるな」

「お願いだから、撃たないでください。知ってることは何でも喋りますよ」

「いい心掛けだ。きのう、黒磯組の者たちが諏訪湖の近くにある『福音救済会』の保養所に行ったんじゃないのか？　教団に預けてあった銃器や手榴弾を回収するためにな。そのついでに、教団の裏ビジネスに関する物品も運び去ったんだろ？」

「そんな話は知りません。昨夜《ゆうべ》、長野に出かけた兄貴たちはいないはずです」

「もう少しうまく嘘をつけよ。おまえら二人は、ここに保管されてるMDMA《エクスタシー》を慌《あわ》てて組事務所に運ぼうとした。竹中たちが爆死したことを知ったんで、組長の黒磯は若い衆に銃器を回収させたんだろうが！」

「誰も組の者は長野になんか行ってないっすよ」

白石が口を挟んだ。三上は銃口を白石の頭に突きつけた。怯《おび》えた白石が目をつぶる。

「本当のことを言わないと、若死にすることになるぞ。おれは気が短いんだ」

「おれ、嘘なんかついてないっすよ。『福音救済会』の連中が焦《あせ》って保養所に隠してあった黒磯組の銃器なんかを別の場所に移したんじゃないっすか。預かり物が警察に押収されたら、組長はけじめを取るはずっすからね。湯浅が殺されることはないと思うっすけど、小指《エンコ》を飛ばせと言われるんじゃないっすか。教団の代表は急いで信者たちに預かり物を回収しろと命令したんでしょ？　そのついでに、裏ビジネス絡みの物品も保養所から持ち出させたんじゃないっすかね」

「おれも、そう思います」

津久井が口を開いた。三上は、ふたたびシグ・ザウエルP230の銃口を津久井に向けた。

「携帯かスマホを持ってるな？」

「スマホを持ってます」

「組長の携帯番号は登録してあるな？　黒磯に電話しろ」

「そ、それは勘弁してください。おれたちが失敗《ドジ》踏んだことがわかっちゃうでしょ？　おれと白石は破門されると思います。下手したら、全国の親分衆に絶縁状を回されるかもしれません」

「絶縁状を回されたら、おまえらはどの組にも入れなくなる」

「おれたちは中学生《チューボウ》のころからワルガキだったから、いまさら堅気にはなれません。どっちも恐喝と傷害の前科《マエ》があるから、働き口も見つからないでしょう」

「黒磯に電話しなかったら、そっちの頭はミンチになるぜ」

「なんてこった。わかりましたよ」

津久井が体を傾けて、上着の内ポケットからスマートフォンを取り出した。すぐに組長に電話をかける。

三上は、左手でスマートフォンを引ったくった。電話が繋がった。

「津久井、例の品物は回収できたな。早く白石と事務所に戻ってこい。もし警察《サツ》に追尾《ついび》されたら、車をどこかに乗り捨てて逃げろ！　おまえらが乗ってるワンボックスカーは盗難車だから、ハンドルやドアの把手《とって》の指紋をきれいに拭《ぬぐ》って逃走すりゃ、まず足はつかねえよ」

「黒磯だな？」

「てめえ、誰なんだっ」

「自己紹介は省《はぶ》かせてもらう。津久井と白石はMDMA《エクスタシー》の詰まった段ボールの前で腹這いになってるよ。おれは拳銃《ドウグ》を持ってる。だから、どっちもビビってるな」

「刑事《デカ》じゃなさそうだな」

「おれは強請《ゆすり》で喰ってる。どこにも足《ゲソ》はつけてないが、武闘派やくざも三人ばかり殺《や》ってるんだ」

「フカシこきやがって。てめえ、ぶっ殺すぞ」

黒磯が息巻いた。

「その前に、そっちは逮捕《パク》られてるだろうよ。娘が『福音救済会』に強引に入信させられそうになったことで因縁をつけて、教団代表の湯浅を震え上がらせた」

「てめえ、ただの強請屋じゃねえな」

「話の途中だ。黙って聞け！」

「くそっ」

「糞《くそ》はそっちだ。湯浅はそっちが柏竜太郎と兄弟盃を交わしてることを調べ上げ、『報国義勇隊』の親玉に泣きついた。柏が仲裁に入ったんで、手打ちになった。教団はそっちに一億八千万の迷惑料を払って、柏には一億二千万の謝礼を渡した」

「湯浅を締め上げて、そのことを喋らせやがったんだな」

「そうじゃない。おれのネットワークは広いんだよ。あらゆる情報が入ってくる。そんなことがあって、湯浅はそっちと柏を後ろ楯《だて》にするようになった。それが腐れ縁の始まりってわけだ」

「………」

「黒磯組は教団にいろんな違法ビジネスの手伝いをさせ、震災便乗ビジネスでも荒稼ぎした。在家信者の竹中にちょくちょくウクライナに行かせてガイガーカウンターをたくさん買い付けさせ、東北で売り捌《さば》いたよな？」

「その商売は合法だ。あやつけんじゃねえ」

「『福音救済会』に銃器を預けたり、MDMA《エクスタシー》を密造させるのは法律に反してる。しかし、そうした悪事には目をつぶってやってもいい。ただな、殺人《コロシ》を見逃すわけにはいかない」

三上は口走ってから、すぐに悔やんだ。

「刑事みてえなことを言いやがって。てめえ、警察関係者なんじゃないのか。え？」

「おれは一匹狼の強請屋さ。そっちは湯浅に頼まれて公安調査官の新井創を誰かに片づけさせたよな？」

「湯浅がそんなことを言ってやがるのか。おれは、奴に殺人《コロシ》なんか頼まれたことはないっ」

「そんなわけない。そっちは教団の信者だった加納美寿々も誰かに片づけさせた疑いがある、元信者の鶴岡一仁の犯行に見せかけてな」

「おれは美寿々って娘を自分の子《こ》のようにかわいがってたんだ。そんな美寿々を誰かに始末させるわけねえだろうが！」

「なら、柏がそっちの代わりに殺人《コロシ》を請け負ったのかもしれないな」

「この野郎、本当にぶっ殺すぞ。柏の兄貴だって、美寿々をかわいがってたんだ。美寿々が惨《むご》い殺され方をしたんで、おれたち二人は警察よりも早く犯人を見つけ出して処刑しようと約束し合ってたんだ」

「もっともらしいことを言うじゃないか。おれは、そっちが二つの殺人事件に関わってる証拠を握ってるんだよ」

「てめえの肚《はら》は読めてらあ。おれから口止め料を少しでも多くせしめようという魂胆《こんたん》なんだろうが！　二つの殺人事件に絡んでるだと⁉　はったり嚙ませやがって。いろいろ鎌をかけてくるが、おれも柏の兄貴も殺人事件にはタッチしてねえよ」

　黒磯が喚《わめ》いた。

「そうだとしても、そっちの悪事はもう揉み消せないぜ。警察にそっちを売ったら、服役は免れないな。もう五十六なんだから、刑務所《ムショ》暮らしは辛いだろうよ」

「…………」

「ここにＭＤＭＡ《エクスタシー》入りの段ボール箱が十五個あることを密告《チク》って、『福音救済会』に悪事の片棒を担がせたことを教えてやるか。そうなったら、組事務所は手入れを喰らって銃刀など危《ヤバ》いものは全部押収されるな」

「いくら欲しいんだ？」

「最低一本だな」

「一千万なら、くれてやってもいい」

「桁《けた》が違う」

「一億出せってか⁉」

「そうだ。しかし、一億じゃ物足りないな。そっちが『福音救済会』から貰った一億八千万をそっくり吐き出してもらおうか。ついでに柏が教団から受け取った一億二千万もいただこう」

「てめえ、生コンで固めて海の底に沈めるぞっ」

「無防備だな」

「え？」

「おれは電話の遣り取りを最初から録音してるんだよ」

三上は、もっともらしく言った。ブラフだった。実際には録音などしていない。

「悪知恵が回る野郎だ」

「どうする？　トータルで三億寄越《よこ》せば、警察《サツ》には密告しないよ。ただし、銭を持って柏と二人で指定した場所に来てもらう」

「おれひとりで行くよ。柏の兄貴に迷惑かけたくねえからな」

「駄目だ。二人で来るんだ。柏も教団から一億二千万の謝礼をせびったんだろうからな。恐喝罪が適用されるだろう」

「湯浅は自分から進んで柏の兄貴に一億二千万の謝礼を差し出したんだ。恐喝じゃねえよ」

「そうだったとしても、柏竜太郎は数々の企業恐喝を重ねてきた。おれは、その証拠も押さえてるんだ」

「えっ、そうなのか⁉」

「だから、二人で来るんだ。いいな？」

「仕方ねえな。でも、三億の現金《ゲンナマ》を急いで用意するのは難しいよ。とりあえず、一億だけ持っていく。残りの二億は近日中に払うという念書を持っていくから、それで勘弁してくれや」

「いいだろう」

「竹中の家《ヤサ》に行けばいいんだな？」

「いや、ここは危《ヤバ》い。追っつけ長野県警の刑事たちがここに来るだろうから」

「そうか、そうだろうな」

「午後七時に江東区の若洲《わかす》海浜公園の端まで来い。東京へリポートの先にある多目的公園だが、わかるか？」

「ゴルフ場やサイクリングコースがある公園だろ？」

「そうだ。隣接してる若洲公園のキャンプ場の横の突端で落ち合おうじゃないか。津久井と白石は弾除《たまよ》けとして預かる」

「ちゃんと金は持ってくし、妙なことはしねえよ」

「おれはヤー公を信じないことにしてるんだ」

「疑い深い奴だ。七時に会おうじゃねえか」

　黒磯が電話を切った。

　三上はスマートフォンを津久井に返し、二人を立ち上がらせた。

「組長《オヤジ》がすんなり口止め料を出すとは思えないんだよね」

津久井が三上に顔を向けてきた。

「指定した場所に組の者を予《あらかじ》め配して、おれを取っ捕まえさせる？」

「おそらくね。組長は負けず嫌いなんですよ。どんなに汚い手を使っても、自分に牙を剝《む》いた相手を捩伏《ねじふ》せてきたんです。柏さんも負けん気が強いんですよ」

「指定した場所は、ほとんど樹木がないんだ。背後は海だから、手下が隠れる所はないだろう。暗がりに身を潜《ひそ》めていても、すぐに気づくさ」

「おれたちを弾除けにすると言ってましたけど、本当に楯にする気なんですか？」

「電話で黒磯にはそう言ったが、実際に楯《たて》にする気はないよ」

「それ、本当ですね？」

「ああ。組長は五十六で、柏は六十四なんだ。二人が躍《おど》りかかってきても、組み伏せられることはないだろう」

「ええ、それはね。けど、組長《オヤジ》は消音器一体型のロシア製の拳銃を持ってるんですよ」

「マカロフＰｂだな」

「そうです、そうです。発砲しても、圧縮空気が洩れる音しかしないんですよ。だから、組長《オヤジ》はおたくと会ったら、いきなりサイレンサー・ピストルの引き金を絞ると思います」

「こっちも丸腰じゃない。黒磯が発砲したら、すぐに撃ち返すさ。銃撃戦には馴《な》れてる」

「そうですか」

「自分たちが流れ弾に当たるんじゃないかと不安みたいだな？」

「ええ、心配ですよ」

「黒磯と柏が現われたら、おまえら二人はおれからすぐに離れてもいいよ。でもな、指定した場所まではつき合ってくれ。人質がいないと、おそらく黒磯たち二人は現われないだろうからな」

「ええ、そうでしょうね」

「そっちがおれの車を運転してくれ。おれと白石は後部座席に乗る。車をどこかにぶつけて、ひとりで逃げ出そうとしたら……」

「わかってますよ。おれ、白石を置き去りにして自分だけ逃げ《フケ》たりしませんし」

「一応、俠気《おとこぎ》はあるんだな。行こう」

　三上は拳銃をちらつかせながら、二人の組員を促《うなが》した。

　津久井、白石、三上の順に部屋を出る。三上は津久井たち二人をポーチに立たせ、ドアのノブを布手袋で強く擦《こす》った。自分の指紋を遺《のこ》すわけにはいかない。ついでに、津久井と白石の指掌紋も拭う形になった。

三上はシグ・ザウエルP230をホルスターに収めたが、銃把は握ったままだった。その恰好で、二人の組員をプリウスに導く。

「おれが運転すればいいんですよね」

津久井が車内に入る。三上は先に白石を後部座席に押し入れ、すぐ横に坐った。拳銃のグリップは摑んだ状態だった。

「指定した時刻まで、だいぶ時間がある。ゆっくり走ってくれ」

三上は、運転席の津久井に声をかけた。

「わかりました」

「組長は、いつもどんな車に乗ってるんだ？」

「黒いベントレーを自分で転がしてます。柏さんの自宅に寄ってから、指定された場所に現われるんでしょう」

津久井が言って、プリウスを滑らかに発進させた。数キロ走ったころ、かたわらで白石が口を開いた。

「おたくさん、本当に一匹狼なんすか？」

「ああ。組織に属すると、いろんなことに縛られるからな」

「そうっすね。単独で強請で喰ってるなんてカッコいいっすよ。そんな生き方に、おれ、ちょっと憧れちゃうな。けど、いつ命《タマ》を奪《と》られるかもしれないっすよね」

「そうだな。明日、殺《や》られるかもしれない。毎日、そう思いつつ生きてるよ」

「おれ、まだ捨て身になりきれてないんす。だから、おたくさんみたいな一匹狼にはなれないでしょう」

「白石、おれもだよ」

津久井が相槌を打った。その後、車内は沈黙に支配された。

目的地に到着したのは、六時三十五分過ぎだった。海浜公園には人っ子ひとりいなかった。

三上は二人の組員を車から降りさせ、あたりをゆっくりと歩いた。誰も待ち伏せしていなかった。念のため、海にも目をやった。モーターボートも水上バイクも浮かんでいない。夜空も仰《あお》いだ。パラ・プレーンもスカイ・カイトも目に留まらない。

どうやら黒磯は柏と一緒に指定した場所に来る気になったようだ。口止め料も携えてくるのだろう。

むろん、三上は金を受け取る気はなかった。ぎりぎりまで強請屋を演じる必要があったのだ。

若洲橋の方から、車のヘッドライトがゆっくりと近づいてくる。

津久井と白石が相前後して深呼吸した。銃撃戦になったら、巻き添えになるかもしれないと不安なのだろう。

光輪が次第に大きくなる。

三上は闇を透《す》かして見た。車はベントレーだった。車体の色は黒だ。

「組長《オヤジ》の車です」

津久井が告げた。三上は短い返事をして、ホルスターに手をやった。

ベントレーが停止した。なぜか、ヘッドライトは消されない。標的を照らしたまま、発砲する気なのか。車とは二十数メートルしか離れていなかった。

ベントレーから二つの人影が飛び出してきた。どちらも銃身の長いハンドガンを握っていた。そのまま走ってくる。

「組長《オヤジ》さん、おれと白石がいるんです。撃たないでください」

津久井が大声を張り上げた。

「助手席から降りたのは、柏竜太郎だな？」

「そうです。運転席から出たのは黒磯組長です」

「おまえら二人はキャンプ場に逃げ込め！　黒磯と柏は、このおれを射殺する気なんだろう。どっちもマカロフＰｂを持ってると思われる」

「いいんですか」

「急げ！」

三上は津久井たちの背を押した。二人が中腰でキャンプ場に向かった。

そのすぐ後、黒磯の手許《てもと》で点のような銃口炎《マズル・フラッシュ》が瞬《またた》いた。銃声は聞こえなかった。放たれた銃弾が頭上すれすれを抜けていった。

衝撃波が頭髪を揺らす。三上は姿勢を低くして、プリウスの背後に隠れた。横に移動し、ベントレーの両方のヘッドライトを撃ち砕く。銃声は風に乗って海側に流れた。

光が消えた。黒磯と柏が立ち止まって、あたりを見回した。

三上は芝生のある場所に走って、大きく回り込んだ。黒磯の背後に忍び寄り、背中にシグ・ザウエルＰ230の銃口を押し当てる。

黒磯が棒立ちになった。

三上は黒磯の右手から拳銃を奪い取った。やはり、マカロフＰｂだった。

「きさま！」

柏がサイレンサー・ピストルの銃口を向けてきた。三上は黒磯を楯にして、奪ったマカロフＰｂで柏の右肩を撃った。

柏が体を開きながら、後ろに倒れる。右手からマカロフＰｂが落ちた。

三上は黒磯を突き飛ばし、シグ・ザウエルP230の安全弁を掛けた。ホルスターに突っ込み、柏が落としたロシア製のサイレンサー・ピストルを拾い上げる。

「二挺拳銃だ。弾はたっぷりあるな。おっと、暴発だ」

三上はにっと笑い、黒磯の右の太腿に九ミリ弾を撃ち込んだ。黒磯が唸《うな》って、体を左右に振る。

「気が変わった。銭はもういらない。こっちの質問に正直に答えないと、二人とも撃ち殺すぞ」

三上は言うなり、両手の拳銃の引き金を絞った。銃弾は黒磯と柏の腰の近くに着弾し、跳弾がそれぞれの体に当たった。

「どっちかが、『福音救済会』の湯浅代表に頼まれて公安調査官の新井と美人信者の加納美寿々を手下か流れ者に始末させたんじゃないのかっ」

「おれは本当に湯浅から殺人《コロシ》なんか頼まれてねえよ」

黒磯が答えた。

三上は無言で、黒磯の近くに銃弾を撃ち込んだ。それでも、返事は変わらなかった。シラを切っているわけではなさそうだ。

「あんたはどうなんだ？」

三上は、柏竜太郎の側頭部すれすれのところに九ミリ弾を放った。柏が女のような悲鳴をあげた。

「わたしを殺さないでくれ。わたしも湯浅に誰かを始末してくれと頼まれたことはないよ。天地神明に誓う。嘘じゃない」

「信じてもいいのかな。あっ、また暴発だ」

三上は柏の左脚に先に一発見舞い、黒磯の左肩にも九ミリ弾を埋めた。

二人は体を丸めて転がりはじめた。血臭が立ち昇る。悪党どもに情けはいらない。

「て、てめえ、強請屋じゃねえな」

黒磯が呻きながら、聞き取りにくい声で言った。

「ただの恐喝屋だよ、おれは」

「いや、そうじゃねえな。極秘捜査官じゃねえのかよ！」

「好きに考えてくれ。いつまでも悪さをしてると、二人とも獄中で死を迎えることになるぞ」

三上は言い捨て、プリウスに向かって走りだした。

津久井と白石の姿はどこにも見当たらない。遠くまで逃げたようだ。組長に幻滅した二人は、そのうち黒磯組を脱けるのではないか。

三上は二挺のサイレンサー・ピストルを暗い海に投げ込むと、専用覆面パトカーに乗り込んだ。

第五章　野望の交差点

1

検問所だらけだった。

三上はプリウスで首相官邸の周辺を巡《めぐ》っていた。若洲公園を離れて間もなく、沙也加から電話があった。

棚橋法務大臣はＳＰたちに囲まれ、官邸内に留《とど》まっているという。首相と官房長官は、法務大臣のそばにいるらしい。ほかの閣僚たちは、近くにある民自党本部にいるそうだ。

すでに午後九時二十分過ぎである。政権党は衣笠満たち七人の死刑囚の釈放をしなかった。『Ｘの会』の脅迫には屈しなかったわけだ。

犯行予告通りなら、正体不明の組織は棚橋法務大臣を処刑するはずだ。しかし、永田《ながた》町《ちょう》付近で不審者は見つかっていない。

犯行予告は、単なるいたずらだったのだろうか。それとも、『Xの会』は何か理由があって決行を延ばしたのか。どちらとも考えられる。

三上はプリウスを路肩に寄せた。衆議院第二議員会館の近くだった。道路の反対側には、国会議事堂がそびえている。

三上は私物の携帯電話を使って、岩佐に連絡をとった。検察事務官は小菅《こすげ》にある東京拘置所の周辺にいるはずだ。岩佐のほうから協力を申し出て、午後八時前に東京拘置所に怪しい人物がうろついていないかチェックしてくれているのである。

スリーコールで、電話は繋がった。

「岩佐、そっちの警戒も物々《ものもの》しいだろうな？」

「ものすごい数の警察官がいますよ。制服だけじゃなく、私服警官も住民を装って巡回してます。拘置所の上空には、警視庁航空隊のヘリが二機旋回してます。少し離れた上空には新聞社やテレビ局のヘリコプターが飛んでますね」

「そうか」

「警察とマスコミは、『Xの会』は『福音救済会』と密接な関係にあると見てるんでしょう。そして、謎の集団が東京拘置所を爆破して、衣笠と六人の死刑囚を脱獄させるかもしれないと警戒してるんだと思います」

「そうなんだろうな」

「二十年ほど前、過激派セクトの『日本革命戦線』の闘士たちが『聖十字教』の教団本部に匿《かくま》ってもらってましたよ。そのセクトは解散に追い込まれたわけですから、地下に潜った残党たちがいます。恩返しのつもりで、衣笠たち七人をシャバに出す手伝いをする気になったんじゃないですかね。『福音救済会』の湯浅代表がそれを望んでると知って、『日本革命戦線』の残党が実行役を買って出たと考えられるでしょ？」

「岩佐、残党の数はどのくらいいるんだ？」

三上は訊いた。

「正確な人数はわかりませんが、十四、五人はずっと潜伏してたんじゃないんですかね」

「その連中は公安警察に怯《おび》えながら、ひっそりと暮らしてたはずだ。暮らし向きも楽だったとは思えない」

「そうでしょうね」

「そうした奴らが連絡をとり合って、強硬な手段で衣笠たち七人を脱獄させられるかな。おれは無理だと思うよ」

「そうですかね。『Xの会』の犯行予告は、いたずらだったんでしょうか。棚橋法務大臣は現在のところ、何も危害を加えられてませんから」

「官邸周辺にも何も動きがないから、いたずらメールだったとも思えるが、まだわからないな」

「そうですね」

「『福音救済会』の湯浅渉は極右団体と黒い関係をつづけてたが、過激派セクトともつき合いがあったのかもしれないぞ」

「それはないと思いますが、確か湯浅の幼馴染みに半グレ集団『死神《しにがみ》クラブ』の幹部がいたんじゃないかな。えーと、そいつの名は神保《じんぼ》でしたね。ええ、神保宗太《そうた》です。年齢は四十一だったと思います」

「その半グレ集団は暴走族《ゾク》の頭《アタマ》たちで結成されて、六本木《ろっぽんぎ》を根城《ねじろ》にしてる連中だったな？」

「そうです。やくざや不良外国人も恐れない凶暴な連中ですよ。先輩、神保が『Xの会』と名乗って犯行予告メールをマスコミ各社に送信したとは考えられませんかね」

岩佐が言った。

そのとき、プリウスの外から派手な爆発音が聞こえた。

「先輩、いまの音は何なんです？」

「わからない。いったん電話を切るぞ」

三上は通話を切り上げ、プリウスを発進させた。爆発音は首相官邸の方向から聞こえた。

三上は首相官邸に向かった。ほんのひとっ走りで、目的地に着いた。官邸から爆煙が上がっている。官邸の前には、武装した特殊隊員たちが立ち塞《ふさ》がっていた。三上はガードレールに車を寄せた。

運転席のドアを開けたとき、警棒を手にした二人の制服警官が駆け寄ってきた。

「この先は進入禁止です。すぐに引き返してください」

「渋谷署の者なんだ」

三上は車を降り、警察手帳を呈示した。二十六、七歳の警察官が懐中電灯の光で三上の手許を照らした。

「身内の方でしたか」
三十三、四歳の制服警官が警戒心を緩《ゆる》めた。
「さっきの爆発音は?」

「何者かが首相官邸にミサイル弾を撃ち込んだんですよ。駐車中のSPのベンツに着弾したようで、負傷者はいないようです」

「それはよかったな」

「『Xの会』の犯行予告のことはご存じですよね？」

「ああ、テレビニュースで知ったんだ。棚橋法務大臣を狙ったんだろうな」

「だと思います。首相のご判断で、収監中の衣笠満ら七人の死刑囚を釈放しないことになりましたんでね」

「時間通りではなかったが、『Xの会』は予告したように法務大臣を殺害する気だったんだろうな」

「職務で、この先に行かれる予定だったのでしょうか？」

「いや、私用で官邸の前を抜けるつもりだったんだ。すぐに車をUターンさせます。申し訳なかったね」

三上は制服警官に詫び、プリウスの運転席に坐った。すぐに車を走らせ、数百メートル先で路肩に寄せる。

私物の携帯電話を取り出そうとしたとき、制服姿の警察官が外堀《そとぼり》通りに向かって歩いていた。ひとりだった。どこか怪しい。制帽がやや斜めだ。偽警官かもしれない。

三上はプリウスを出て、不審者に呼びかけた。

「警察手帳を見せてくれないか」

「え？」

相手が振り返った。右手首にブレスレットを嵌《は》めている。勤務中に装身具を着用することは禁じられていた。

「警察官になりすましてるんだなっ」

「失礼なことを言うな。自分は丸の内《まるうち》署地域課の者だ。先を急いでるんだっ。おたく、何者なんだ？」

「渋谷署の人間だよ」

三上は語尾とともに駆けはじめた。

怪しい男が制帽を脱ぎ捨て、猛然と走りだした。三上は疾駆《しっく》し、相手に組みついた。二人は縺《もつ》れ合って路上に倒れた。三上が上だった。相手を路面に這わせて、右腕を捩上《ねじあ》げる。

「首相官邸にミサイル弾を撃ち込んだのは、おまえじゃないのかっ」

「な、何を言ってるんだ⁉　自分は警察官だぞ。そんなことをするわけないだろうが！」

「そっちが警官に化けてることはわかってるんだ。空とぼける気なら、肩の関節を外すほかないな」

三上は、さらに男の利き腕を上に捩った。男が痛みを訴え、路面を平手で叩いた。

「関節が外れちゃうよ。手を、手を早く緩めてくれーっ」

「偽警官だってことを認めたら、力を加減してやろう」

「痛くて、気が遠くなりそうなんだよ」

「だろうな」

「頼むから……」

「駄目だ」

「そうだよ。警官になりすましてたんだよ。でも、おれは見張りをしてただけで、首相官邸にミサイル弾を撃ち込んだのは別の連中なんだ」

「おまえ、何者なんだい？」

「『死神クラブ』って知ってるだろ？」

「ああ。六本木でのさばってる半グレ集団だな」

「そう。おれは末端のメンバーだから、見張りをやらされてたんだよ。アメリカ製のスティンガーを使ったのは幹部の池端《いけはた》さんなんだ。池端さんは陸上自衛隊に三年ぐらい所属してたんで、個人携行型の地対空ミサイルの撃ち方を知ってる」

男が言った。スティンガーの正式な名称は、Ｆ－Ｍ92Ａスティンガーだ。ミサイルの全長は約一メートル五十二センチで、直径は七センチ弱である。

ミサイル本体の重さは十一キロ弱だ。発射筒を併《あわ》せた重量は十六キロ弱になる。大人なら、担《かつ》いで持ち運べる。秒速はおよそ六百七十メートルで、弾頭には高性能爆薬が詰められている。発射筒は使い捨てだ。

この発射筒を追跡装置《トラッカー》に装着し、ミサイル弾を放つわけである。軽量で構造は単純だが、威力は大きい。

「その池端って奴はミサイルを首相官邸に撃ち込んで逃げたんだな？」

「そうだよ。おれとは逆方向に走っていった。池端さんも警察官になりすましてたから、うまく逃げられただろうな」

「池端のフルネームは？」

「下の名は雄大《ゆうだい》だよ。おれの名前も教えろって言うつもりなんだろ？　先に言うよ。おれは佐瀬良《させまこと》って名で、ちょうど三十。池端さんは三十八だよ。『死神クラブ』の大幹部だね。詳しいことは知らないけど、池端さんはボスの神保さんに指示され、棚橋法務大臣を爆死させるつもりだったんだ。けど、ミサイル弾は官邸の駐車場に落ちちゃった」

「『Xの会』は半グレ集団だったのか」

「そうだよ。ボスの池端さんは幼友達に頼まれて協力してるみたいだな」

「その幼友達というのは、『福音救済会』の湯浅代表のことじゃないのか？」

「そうだよ。ボスはアナーキーなことが大好きだから、カルト教団に力を貸す気になったみたいだな。東京拘置所に入ってる衣笠満たち七人の死刑囚を釈放させたがってたんだが、首相は要求を拒絶した。だから、腹いせに法務大臣を殺《や》るつもりだったんだが……」

「いまボスの神保はどこにいる？」

「神保さんはロアビルの近くで『マックス』というジェントルバーを経営してるんだ。大人の客しか入れない会員制バーなんだけど、たいてい夜はその店にいるよ」

「その店に案内してもらおうか」

三上は、佐瀬と名乗った男を引き起こして後ろ手錠を打った。

「『マックス』の前まで案内するから、そこで帰らせてくれよ。ボスと顔を合わせたら、おれ、半殺しにされるに決まってる」

「考えておくよ」

「おたくも偽刑事なんじゃない？　手錠《ワッパ》はポリスグッズの店で買った模造品なんでしょ？」

「こっちは本物《モノホン》の刑事だよ」

「嘘だよね？　こんなに荒っぽいことをやる刑事なんかいるわけないから」

佐瀬が笑いながら、そう言った。三上は無言で警察手帳を短く見せた。佐瀬は目を剝《む》いて、口をぱくぱくさせた。

「金魚みたいだな」

三上は嘲《あざけ》って、佐瀬をプリウスまで歩かせた。後部座席に俯《うつぶ》せに寝かせ、急いで運転席に乗り込む。

「おれ、おたくに協力したんだから、司法取引ってことで見逃してほしいな」

「日本では麻薬や銃器の密売事件しか司法取引は認められてない」

「そのことは知ってるよ。でもさ、何事にも例外はあるでしょ？　百万ぐらいなら、後日、払ってもいいよ」

「おれを見くびるなっ」

「ちょっと額が少なかったか。二百万、用意しますよ」

佐瀬が言った。

三上は返事の代わりに車を急発進させた。佐瀬がシートから転げ落ちそうになった。三上は口の端を歪《ゆが》めて、六本木に急いだ。

『マックス』に着いたのは二十数分後だった。ジェントルバーは飲食店ビルの三階にあった。三上は佐瀬と一緒に函《ケージ》に入った。手錠は掛けたままだった。

三上は店に入ると、黒服の男に身分を告げて神保との面会を求めた。店のオーナーは奥の事務室にいるらしい。

黒服が先に奥に向かった。三上は佐瀬を促《うなが》しながら、歩《ほ》を進めた。

黒服の男が来訪者が刑事であることを伝えてから、事務室のドアを開けた。机に向かって電卓を叩いているのが半グレ集団のボスだった。若手起業家のような印象だ。

三上は警察手帳を呈示し、神保に事の経過を話した。

「佐瀬、どういうつもりなんだっ。なんででたらめを言うんだよ。おれがいつ佐瀬にそんなことを言った？」

神保が椅子から立ち上がって、『死神クラブ』の手下に詰め寄った。

「ボスは三日前、おれに言ったじゃないっすか。東京拘置所にいる衣笠たち七人の死刑囚を政府が釈放しなかったら、池端さんに棚橋法務大臣を殺害させるって。それで、おれに見張りをやれとも言った。おれたち二人に警官に化けろってアイディアをくれたのも、神保さんだったでしょ？」

「おまえ、頭《ペテン》がおかしくなったんじゃねえのか。池端は元自衛官だが、きのうから東京を離れてるんだぜ。沖縄にいる人間が永田町でミサイル弾なんか発射できねえだろうが！」

「ボス、もう観念しましょうよ。池端さんは、きのうもきょうも都内にいたはずです。幼友達の湯浅渉って男性《ひと》に頼まれ、衣笠たち七人の死刑囚を釈放させようとしたんじゃないですか。『Xの会』とかいう名で、マスコミ各社の犯行予告メールをメンバーの誰かに送信させたんですよね」

「何を言い出しやがるんだ。渉ちゃんは幼友達だが、何かを頼まれたことなんかないぞ。そうか、わかったぜ。誰かが渉ちゃんを陥《おとしい》れようとしてやがるんだな。おまえは、そいつに抱き込まれたんだろ！　佐瀬、ふざけた真似をすると、ただじゃおかねえぞ」

「ボス、もう空とぼけても無駄ですよ」

佐瀬がせせら笑った。

神保が佐瀬の胸ぐらを摑んで、顔面に頭突きを浴びせた。骨と肉が鈍《にぶ》く鳴った。

三上は神保をなだめ、引き離した。

「ま、落ち着け」

「佐瀬が喋ったことは嘘ですよ。池端ってメンバーは本当に宮古島《みやこじま》にいるんです。こっちに戻ってくるのは明後日《あさって》の予定なんですよ。池端が首相官邸にミサイル弾を撃ち込むことは物理的にできません」

「池端雄大の宿泊先はわかってるのかな？」

「ええ」

神保がホテルの名を口にした。三上は電話会社の番号案内係にホテルの代表番号を教えてもらい、すぐにコールした。

電話をフロントに回してもらい、三上は身分を明かして協力を求めた。神保が言ったことは嘘ではなかった。フロントマンの証言で、池端はチェックインしてからホテルに宿泊していた事実がわかった。

「そっちは、おれに作り話をしたんだな。池端雄大はずっと宮古島にいることがわかったよ」

三上は佐瀬を睨《にら》みつけた。

「池端さんはアリバイ工作をして、きょうの夕方に東京に戻って、すぐに宮古島に舞い戻るつもりなんでしょう。おれはこの目で、池端さんがスティンガーでミサイル弾をぶっ放すとこを見てる。本当なんだ」

「まだそんなことを言ってやがるのか。てめえ、どこの誰に抱き込まれて渉ちゃんやおれに罪を被せようとしてるんだ」

神保が拳《こぶし》を振り上げた。

「佐瀬をじっくり調べてみるよ」

「そうしてください」

「騒がせたね。申し訳ない」

三上は神保に謝り、事務室を出た。『マックス』を後《あと》にして、ふたたび佐瀬を車のリア・シートに腹這いにさせる。

運転席に坐ったとき、私物のモバイルフォンが震えた。電話をかけてきたのは岩佐だった。

「先輩、さきほどの爆発音は首相官邸にミサイル弾が撃ち込まれた音だったんでしょ？」

「ああ、小型ミサイル弾が撃ち込まれたようだ」

「東京拘置所の死刑囚房にもロケット砲かミサイル弾が撃ち込まれて、衣笠満を含めた七人の死刑囚が爆死したようです」

「えっ」

「湯浅が尊敬してる師や同性の恋人を爆死させるとは思えません。『Ｘの会』と『福音救済会』は繋がってないんでしょう。誰かが湯浅代表の犯行と思わせるためにミスリード工作をしたと疑えますね」

「そういうからくりが透けるようなことがあったんだ」

三上は経過を喋った。

「その佐瀬って奴は誰に抱き込まれて、湯浅や神保に濡衣を着せようとしたのかな。先輩、思い当たる奴はいます？」

「残念ながら、まだ……」

「そうですか。先輩は隠れ捜査をしてるわけですから、佐瀬を署の取調室で厳しく取り調べることはできないんですよね」

　岩佐が溜息をついた。

「そうだな」

「佐瀬をとことん追及すれば、バックにいる人間の名を吐くんじゃないのかな。何かいい方法はありませんか」

「刑事課長と相談してみるよ。岩佐、適当なとこで切り上げてくれ。そっちにすっかり助《ス》けてもらっちゃったな。礼を言うよ」

　三上は私物のモバイルフォンを畳み、官給された携帯電話を懐から取り出した。

2

　もうじき日付が変わる。

　三上は、コーヒーテーブルを挟んで佐瀬良と向かい合っていた。伏見刑事課長の知り合いが経営する探偵社である。探偵社はＪＲ目黒駅の近くにあった。雑居ビルの三階だ。

三上の横のソファには、伏見が坐っている。腕組みをしたまま、天井を凝視していた。

三上たち二人は代わる代わるに佐瀬を追及した。だが、佐瀬は黙秘したままだ。

「庇《かば》ってる奴の名を吐けば、おまえの罪は軽くなるんだぞ。破防法に触れることをやったんだから、地検に送られるだろう。実刑判決が下《くだ》っても、執行猶予が付くはずだ」

伏見が佐瀬に言った。

佐瀬が顔を上げる。手錠は外してあった。その代わり、靴とソックスは脱がせてある。素足で逃亡したら、当然、不審がられる。遠くまでは逃げられないはずだ。

「首相官邸にミサイル弾を撃ち込んだのは、本当に池端さんなんですよ。池端さんは宮古島のホテルのフロントマンを買収して、アリバイ工作をしたんですっ。『死神クラブ』のボスも偽証してるんだ」

「往生際が悪い男だ。全航空会社に問い合わせて、池端が羽田《はねだ》行きの便には搭乗してないことは確認してあるんだよ。宮古島にいる男がどうやってスティンガーを発射させるんだ。え？」

「………」

「佐瀬、自供して楽になれよ」

三上は言い諭《さと》した。

「わかったよ。おれ、吐きます。『Xの会』という実在しないテロ組織の犯行に見せかけるアイディアを思いついたのは、『福音救済会』の湯浅代表なんです」

「本当なのか⁉」

「ええ。湯浅渉は獄中の衣笠満にコントロールされつづけてることに耐えられなくなったみたいで、師と六人の幹部を抹殺する気になったんですよ」

「待てよ。死刑囚の幹部信者の中には湯浅のゲイ相手がいたんだぞ。同性の恋人を師の衣笠満と一緒に爆殺するなんて考えられないな」

「それほど湯浅代表は師や幹部たち六人の支配から逃れたかったんだろうね。『福音救済会』は『聖十字教』の分派なわけだけで、湯浅は一国一城の主《あるじ》として君臨したくなったんだと思いますよ。だから、衣笠満の忠実な後継者を演じながら、師たち七人を抹殺するチャンスをうかがってたんでしょう」

「湯浅は自分が疑われてはまずいんで、『Xの会』の中心人物は『日本革命戦線』の残党だと思わせるため、衣笠を含めた七人の死刑囚を無条件で釈放させなければ、棚橋法務大臣を処刑するという犯行予告メールをマスコミ各社に送信したというのか?」

「そうだったんですよ。湯浅は、最初から衣笠たち七人を爆死させる計画だったんだ。本気で法務大臣を殺す気なんかなかったんです。ミサイル弾を傭兵崩れと称してる中村一輝《なかむらかずてる》という奴に首相官邸の駐車場に撃ち込ませたのはカムフラージュだったんです。東京拘置所の死刑囚房に英国製のLAW80対戦車軽量兵器の九四ミリ砲弾を二発撃ち込んだ男は流れ者らしいけど、おれは詳しいことは知らない」

「こいつがそこまで知ってるんだから……」

伏見が驚き、三上に顔を向けてきた。

「本庁機捜《きそう》の初動捜査で、東京拘置所から百八十メートルほど離れた倉庫ビルの屋上にその軽量兵器が遺留されてたんでしたね？」

「ああ、それは間違いない。ようやく佐瀬は本当のことを自白《ウタ》いはじめたようだね」

「ええ、多分」

三上は伏見に言って、佐瀬に問いかけた。

「そっちは、湯浅とはどういう関係なんだ？」

「おれ、二年前に『福音救済会』の信者になったんですよ。『死神クラブ』のメンバーとして危ない非合法ビジネスをやってたんだけど、生き直したくなったんだよね。それで、入信したわけ。教団本部に住み込んで修行に励んだんだけど、禁欲的《ストイック》な毎日に耐えられなくなっちゃったんだ」

「それで、脱会したんだな？」

「そうするつもりだったんだけど、湯浅代表に勧められて教団を出て在家信者になったんですよ。半年ぐらいは自宅で修行してたんだけど、だんだん飽《あ》きてきて……」

「自然に教団から離れたんだな？」

「そう。でも、三月の中旬に湯浅代表から電話がかかってきたんですよ。それで、『死神クラブ』のメンバーで殺人《コロシ》を請け負ってくれる奴はいないかと訊かれたんですよ。そんな男はいないと思うと答えたら、代表はおれに……」

「誰かを始末してくれないかと言ったんだな？」

「そうなんだよね。公安調査庁に教団の弱みを握られてしまったから、そいつを片づけてくれって言ったんですよ。成功報酬は三千万で、着手金の一千万円はすぐに払ってもいいと言ってた」

「始末してくれって言われたのは、関東公安調査局の新井創主任調査官なんだろう？」

「そう。三千万は魅力があったけど、捕まったら、八、九年は服役することになるでしょ？　だから、おれ、断ったんだ」

「そのとき、新井のほかに誰かを湯浅は片づけてほしいと言ったんじゃないのか？」

伏見課長が話に加わった。

「そういえば、こないだ荒川の河川敷で殺された加納美寿々がだんだん口幅ったいことを言うようになってきたんで、うざったくなったと言ってたね。けど、彼女を殺《や》ってくれとは頼まれなかったな」

「そうか」

「でも、加納美寿々は殺《や》られてしまった。湯浅代表が裏便利屋か誰かに始末させたのかもしれないな」

「湯浅は、加納美寿々にどんなことを言われて煙たがってたのかね」

「黒磯組の下働きみたいなことをいつまでもやってたら、そのうち警視庁公安部に教団をぶっ潰されるとか何とか意見されてたようだな。代表はプライドが高いから、目をかけてた美寿々もさすがにうっとうしくなったんじゃないの？　そんな気がしますね」

「湯浅が誰かに新井創と加納美寿々を葬らせた疑いがあるわけか。教団の幹部の誰かに二人を片づけさせたとは考えられないか？」

「そんなことはさせないでしょ？　信者に殺人《コロシ》をやらせたら、『福音救済会』は解散に追い込まれるだろうからね」

　佐瀬が言った。

「ああ、おそらくな」

「本当のことを話したんだから、おれを所轄に連れてってよ。もう覚悟したからさ。ここ、探偵社でしょ？　なんでこんな所で取り調べをしたの？　なんか変だと思ってたんだけど、どうしてなんです？」

「所轄同士、手柄を競《きそ》い合ってるんだよ。渋谷署の手柄になるかもしれない余罪がある気がしたんで、おまえを知人の会社で取り調べることにしたわけさ」

「そうだったのか」

「少し待ってくれ。おまえをどうするか相談するから」

伏見がソファから立ち上がって、出入口の手前まで歩いた。三上も腰を上げ、上着の裾を開いた。

「偽警官が逃げたら、迷わずに撃つからな」

「ここが二階なら、窓から飛び降りちゃうかもしれないな。でも、三階からは無理でしょ？」

「試《ため》してみるか？」

「冗談じゃない。まだ死にたくないですよ」

佐瀬が苦笑した。三上は大股で伏見に近づいた。

「三上君、どうする？　わたしが佐瀬を所轄署に引き渡してもいいが、それではもったいないよな？」

「そうですね」

「佐瀬の供述をどう思った？　わたしは、ようやく本当のことを喋ったと感じたよ。犯行に使われたのは間違いなくスティンガーとＬＡＷ80だった。佐瀬が二つの爆破事件の兵器まで知ってたのは、犯行グループの一員だった証拠だろう」

「そうなんですが、少し喋りすぎじゃありませんか。湯浅に罪をなすりつけようとしてるように感じ取れたんですよ」

「確かに、そうだな」

「最初は『死神クラブ』を仕切ってる神保が雇い主だと嘘をついて、なんとかその場を切り抜けようとしました」

「そういう話だったな」

「しばらく黙秘権を使ってから、今度は湯浅が爆破事件の首謀者だとすらすらと供述しましたでしょ？　まるで予《あらかじ》め用意してたような感じだった」

「そういうふうに映ったね」

「黒幕が湯浅だとしたら、迷いを見せながら……」

「自供しそうだね。真のバックは別人なんだろうか」

「そうなのかもしれません」

「所轄署に佐瀬を引き渡したら、背後にいる人間にたどり着けなくなるな」

伏見が呟いた。

「佐瀬をいったん泳がせたほうがいい気がしますね」

「そうだな。そうしよう」

「佐瀬を自宅まで送り届けて、しばらく様子をうかがってみます」

「そうしてもらおうか。わたしは戸締まりをしてから、後でここを出るよ」

「わかりました」

三上は応接ソファのある場所に戻った。

すると、佐瀬が口を開いた。

「もう靴下と靴を履《は》いてもいいでしょ？」

「ああ。その制服は湯浅が用意してくれたのか？」

「そうです。若い信者にポリスグッズの店で、模造の制服、制帽、ホルスター、拳銃なんかを買いに行かせたと言ってた。ニューナンブM60は二〇〇六年までしか支給されてないんで、後継銃のチーフス・スペシャルを購入しろと指示したんだけど、小型リボルバーのモデルガンは品切れだったみたいなんですよ。だから、使いの者は仕方なくニューナンブM60のモデルガンを買ってきたらしいんだよね」

「ニューナンブM60のモデルガンをホルスターに突っ込んでるだけで、偽警官だと見抜かれてしまう」

「まさか声をかけられるとは思わなかったんですよ、逃げてる途中にね」

「そうか。首相官邸の駐車場にミサイル弾を撃ち込んだ中村という奴も、腰にニューナンブM60の模造拳銃を提《さ》げてたのか？」

「と思うけど、おれ、ホルスターの中まで覗き込まなかった。ポリスグッズは湯浅代表に別々に渡されたんですよ」

「そうなのか。おまえの家《ヤサ》はどこにあるんだ？　車で自宅まで送ってやるよ」

「どういうことなんです⁉　おれは所轄署の留置場に入れられるんじゃないの？」

「そっちは見張ってただけで、スティンガーには触れてないんだな？」

「そうです」

「ミサイル弾を撃ち込んだという元傭兵を見逃すわけにはいかないが、そっちは雑魚《ざこ》だ。雑魚を所轄署に引き渡しても特に感謝もされないだろう」

「要するに、おれは大目に見てくれるってことですね？」

「そうだ。早くソックスと靴を履けよ」

三上は急《せ》かした。

佐瀬が満面の笑みを浮かべて、床《フロア》からソックスを抓《つま》み上げた。靴を履くまで一分もかからなかった。

「両手を前に出せ！」

三上は、ソファから立ち上がった佐瀬に言った。

「あっ、おれを騙《だま》しやがったな。やっぱり、所轄署に連れて行くんじゃないか」

「前手錠を掛けるのは、車を運転中にそっちに襲いかかられることを防止したいからさ。ちゃんと自宅まで送ってやるよ」

「おれ、そんなことしないって。話のわかるおたくに感謝してるんですよ」

「一応、念のためだ」

「そういうことでしたら、別にいいですけどね」

佐瀬が両手を揃えて差し出した。三上は手早く前手錠を打った。

「おれ、中目黒駅の近くにある賃貸マンションに住んでるんですよ。去年の秋までモデルをやってる女と同棲してたんだけど、その娘《こ》に逃げられちゃったんだよね。収入が定まってないんで、見切りをつけられちゃったんだろうな。ちょっと飽きがきてたんで、別に追いかけませんでしたけどね」

「強がりを言うなって」

「本当ですよ。その気になれば、もっとマブい女をゲットできる。こう見えても、おれ、割にモテるんですよ」

「そっちの自慢話を聞く気はない」

「すみません」

佐瀬がぴょこんと頭を下げた。

三上は伏見刑事課長に目配せして、佐瀬のベルトの後ろを摑んだ。探偵社を出て、エレベーターで一階に下《くだ》る。

プリウスは、雑居ビルの近くの路上に駐めてあった。三上は佐瀬を助手席に乗せ、素早く運転席に入った。

「中目黒駅まで行ったら、道案内してくれ。参考までにマンション名を聞いておくか」

「『エルコート中目黒』です。おれの部屋は五〇五号室ですよ」

「そっちが部屋に入るのを見届けたら、おれは消える」

「親切に家まで送り届けると言ったのは、おれの塒《ねぐら》を確認したかったからなんでしょ?」

「そういうことだ」

「抜け目がないな、警官《マッポ》は」

佐瀬が肩を竦《すく》めた。

三上はにやりとして、プリウスを走らせはじめた。権之助坂《ごんのすけざか》を下り、山手《やまて》通りに入る。直進すれば、東急東横線の中目黒駅の横に達する。

やがて、中目黒駅に差しかかった。佐瀬が方向を指示する。

『エルコート中目黒』は山手通りの左側の住宅街の一画にあった。八階建てで、築年数は浅いようだ。三上は車をマンションの植え込みの横に停め、先に降りた。助手席に回り込んで、佐瀬の手錠を外す。

「コーヒーぐらい出してもいいけど……」

佐瀬がからかうように言って、アプローチを進んだ。玄関はオートロック・システムにはなっていなかった。

三上は歩きながら、集合郵便受けに目をやった。五〇五号室の名札はなかった。

「そっちの名札が出てないな」

「居住者の三分の一ぐらいは名札を出していないんだよ。しつこいセールスマンがインターフォンでおれの苗字を連呼したんで、だいぶ前にネームプレートを外しちゃったんだ。愛人をやってる女みたいで、少し抵抗あったんだけどね」

「そういうことだったのか。自分の塒ではないマンションにおれを案内したのかもしれないと思ったりしたんだが……」

「おれは、このマンションに住んでますって。部屋に入るとこを見届けてくださいよ。なんなら、上がってもらってもかまわないけど」

「そっちが部屋に入ったら、引き揚げる」

「わかりました」

二人はエントランスロビーに入り、エレベーターの函《ケージ》に乗り込んだ。五階に上がる。

佐瀬が五〇五号室に向かいながら、上着のポケットからキーホルダーを摑《つか》み出した。

「わざわざ送ってくれて、ありがとう。おたくのことは生涯、忘れません」

「いいから、早く部屋に入れよ」

三上は急かした。佐瀬が前屈みになって、キーを鍵穴に差し込む姿勢になった。

そのとき、手からキーホルダーを落とした。酔っ払っているわけではない。故意に落下させたのだろう。

三上は身構えた。

ほとんど同時に、キーホルダーを拾い上げた佐瀬が頭から突っ込んできた。まるで闘牛だった。頭突きは、まともに鳩尾《みぞおち》に入った。一瞬、息が詰まった。三上は体をくの字に折りながら、歩廊《ほろう》に尻餅《しりもち》をついてしまった。

佐瀬が足を飛ばした。

　前蹴りは胸板を直撃した。とっさに三上は上体を捻《ひね》った。それで、だいぶ衝撃は殺《そ》げた。肋骨《ろっこつ》にヒビは入らなかっただろう。

　三上は横に転がった。

　佐瀬が勢いよく走りだした。エレベーターホールとは逆方向だった。

　三上は跳《は》ね起きた。

　佐瀬は非常口に向かっていた。三上は追った。佐瀬が非常扉のロックを外し、非常階段を駆け降りはじめた。

　三上は諦めなかった。

　急いで非常階段を下《くだ》りはじめる。ステップを踏むたびに、無機質な音が響いた。すでに佐瀬は二階と一階の間の踊り場に達している。

「止まらないと、撃つぞ！」

　三上は階段を降りながら、大声で威嚇した。だが、効果はなかった。

　佐瀬が非常階段の昇降口からマンションの植え込みに向かった。三上は追った。佐瀬が生垣《いけがき》を掻《か》き割り、マンションの前の通りに出た。

　三上も少し遅れて、通りに躍《おど》り出た。ちょうど大型バイクのシートに佐瀬が打ち跨《また》がったところだった。

ライダーはフルフェイスのヘルメットを被っていた。バイクのナンバープレートは、黒い袋ですっぽりと覆われている。

大型バイクが急発進した。重い排気音を響かせながら、遠ざかっていく。

三上はすぐさま追跡する気になった。

だが、プリウスの前には自転車が十台以上並べられていた。道路を塞《ふさ》ぐ形で、寝かされている。『エルコート中目黒』の駐輪場から持ち出された自転車だろう。

車をバックさせて迂回《うかい》している間に、大型バイクはもっと遠のいてしまうだろう。追っても無意味だ。

三上は自転車を一台ずつ起こし、道端まで運びつづけた。

3

応答はなかった。

三上はインターフォンを三度鳴らした。しかし、スピーカーは沈黙したままだった。

『エルコート中目黒』の五〇五号室だ。佐瀬が逃走してから、十時間が過ぎていた。三上は自分のマンションにいったん戻り、少し前に賃貸マンションを訪れたのだ。

さりげなく周《まわ》りを見回す。マンションの居住者はどこにもいない。

三上は両手に布毛袋を嵌《は》め、インターフォンの押しボタンを拭《ぬぐ》った。それからピッキング道具を使い、玄関のドア・ロックを解錠する。

佐瀬は本当に五〇五号室を借りているのか。そうなら、一連の事件を解く手がかりを得られるかもしれない。あるいは、適当な部屋に導いただけなのか。そういう可能性もあった。

三上は五〇五号室に忍び寄った。

温気《うんき》が籠《こも》っていた。靴を脱いで奥に進む。間取りは2LDKだった。どの窓もカーテンが閉まっている。薄暗い。

玄関ホール脇の洋室には、シングルベッドが置かれている。隅に洋服箪笥《だんす》が据えてあった。

三上は洋室に入った。六畳ほどの広さだった。洋服箪笥のハンガーには数着の上着が掛けられている。ジャケットはネーム入りだった。ローマ字で、湯浅渉という縫《ぬ》い取りがあった。

この部屋は、どうやら『福音救済会』の代表がプライベートルームとして借りているようだ。三上は寝室を出て、リビングルームに歩《ほ》を進めた。

右手にある居室は八畳ほどの広さだった。壁には大きな黒十字が飾られ、その横には衣笠満のパネル写真が掲《かか》げられていた。

だが、その顔にはダーツの矢が七、八本突き刺さっている。湯浅は衣笠にいまも帰依している振りをしていただけで、とうに師には背を向けていたのか。

そうだとしたら、佐瀬の証言に偽りはなかったのかもしれない。湯浅は衣笠たち七人の死刑囚の釈放を求めたが、それは疑惑の目を向けられることを避けるための偽装工作だったのか。最初から狙いは、衣笠たち七人の死刑囚の抹殺だったのだろうか。

捜査の目を躱《かわ》す必要がある。だから、『Xの会』という謎の組織が二つの爆破事件を引き起こしたことにしたかったのか。

佐瀬の供述にうなずけない点もあったが、そんなふうに筋を読むことはできる。三上はそう思いながらも、何か引っかかるものがあった。

顔の見えない誰かが、衣笠満を疎《うと》ましく感じはじめた湯浅渉に濡衣を着せようと画策したとも考えられるのではないか。『福音救済会』と袂《たもと》を分かった『希望の灯』の奥寺健人とは対立関係にあった。

奥寺は歩み寄る姿勢を示したが、湯浅は話し合いに応じようとしなかった。そのことで奥寺は、一つ年下の湯浅を生意気と感じたのだろうか。しかし、それだけの理由で湯浅を陥れようとするものか。短絡的すぎるだろう。

三上はいったん奥寺に対する疑念を消したが、すぐに考え直した。奥寺は枝分かれする前から、師である衣笠満の教えに過《あやま》ちがあったと公言していた。

ライバルの湯浅が師と距離を置くようになったとすれば、二つの分派が和解できる可能性が生まれたわけだ。湯浅と奥寺が主導権を巡って水面下で駆け引きをしていたのだろうか。

三上は五〇五号室をくまなく検《しら》べてみたが、有力な手がかりは得られなかった。部屋を出て、きちんと戸締まりをする。

三上はエレベーターで一階に降り、マンションを出た。プリウスに乗り込んだ直後、伏見から電話がかかってきた。自宅を出る前に佐瀬良に逃げられたことは報告してあった。

「三上君、本庁公安部の長谷《はせ》清一《せいいち》部長、四十八歳が登庁前に何者かに拉致《らち》されたんだ」

「えっ⁉　拉致したのは何者なんです？」

「目撃者の証言によると、黒いフェイスキャップを被った二人組の男が歩行中の公安部長の首筋にテイザーガンと思われるワイヤー針射出式高圧電流銃《スタンガン》の針を撃ち込んで昏倒《こんとう》させて、黒いRV車に運び入れ、猛スピードで走り去ったらしいんだ。ナンバープレートは外されてたそうだよ」

「拉致事件が起こったのは？」

「午前七時二十分ごろだったらしい。長谷部長宅から二百数十メートル離れた路上で、表通りから見えにくい裏通りみたいだね。所轄の杉並署と本庁機捜《きそう》が捜査中なんだが、まだ犯人は捕まってない」

「長谷公安部長は二十代のころから公安一筋で、過激派セクトを幾つも壊滅《かいめつ》させた遣《や》り手《て》ですよ。確か『聖十字教』を追い込んだのも、その部長だったな。S《エス》づくりの天才と言われた人物です。言葉を交わしたことはありませんが、捜一にいたころに本部庁舎で何度も顔は見てます」

「そうか。準キャリアらしいが、反社会的な団体を潰すことに異常とも言える執念を燃やしてるらしいんだ」

「そうみたいですね。正確なことはわかりませんが、縁者の誰かが『日本革命戦線』の爆弾テロの犠牲になったんじゃなかったかな」

「血縁者が事件の巻き添えで亡《な》くなったんなら、異分子狩りに躍起《やっき》となるだろうね」

「ええ」

「拉致された公安部長は、公安調査官の新井創とかなり以前から深夜レストランや個室居酒屋でよく会ってたという情報も神谷署長は摑んでくれたんだよ」

「そうなんですか。公安調査庁には捜査権がありませんから、新井は極右団体、過激派セクト、カルト教団に関する内偵情報を本庁《ホンブ》の公安部長に提供してたんでしょう」

三上は言った。

「公安警察と公安調査庁は協力関係にあるわけだが、もし新井がわざと内偵情報を上司に報告してなかったとしたら……」

「新井は公安警察のイヌと思われ、上司や同僚にも警戒されてただろうし、嫌われてもいただろうな。しかし、本庁公安部のＳ《エス》だったわけじゃないんでしょう。どちらも不穏な団体の動きを監視するという任務を担《にな》ってるんですから」

「そうだね。さっき民間人を装って佐瀬良の実家に電話したんだよ。電話に出たのは、母親だったんだ。佐瀬は広尾《ひろお》のマンションを借りてたらしいんだが、その部屋は半年ぐらい前に引き払ったそうだ。高い家賃が負担になったんだろう」

「家賃の安いワンルームマンションに移ったんですか？」

「母親の話によると、佐瀬はウィークリーマンションやマンスリーマンションを転々としてるらしいんだ。天沼《あまぬま》の実家にはずっと寄りついてないという話だったよ。そういうことだから、『エルコート中目黒』の五〇五号室は佐瀬の自宅じゃないね」

伏見が言った。三上は五〇五号室に無断で入り込んで、借り主が湯浅渉であることを確認済みであることを伝えた。

「衣笠満のパネル写真にダーツの矢が何本も突き刺さってたのか」

「ええ。湯浅は、もう衣笠満には帰依してないんでしょう。師に支配されてる自分が情けなく思えてきて、訣別《けつべつ》する気持ちを固めたようです」

「もう衣笠を尊師と呼ぶ気持ちは失《う》せてたんだろう。それどころか、師を軽蔑してるのかもしれないぞ。三上君、佐瀬の証言は嘘じゃなかったんだよ。『Xの会』と名乗って政権党に衣笠たち七人の死刑囚の釈放を求めたのは、湯浅なんだと思うね。それは疑惑の目を逸《そ》らす陽動作戦で、真の狙いは……」

「七人の死刑囚の抹殺だったと考えられますね」

「きっとそうにちがいない。湯浅は誰にも支配されないで、『福音救済会』を巨大な教団に育て上げたいと願ってるんだろう。二件の爆破事件は金で雇った元傭兵や無法者にやらせたんだよ」

「その野望を新井創や加納美寿々に知られてしまったんで、湯浅は爆破事件の実行犯に邪魔者を始末させたんだろうか」

「そうなんじゃないのか。『福音救済会』は、まだ黒磯組の銃器や手榴弾を預かってるんだろう。三上君、そのことをちらつかせて、湯浅渉に揺さぶりをかけてみてくれないか」

伏見刑事課長が通話を切り上げた。

三上は捜査用携帯電話を懐に仕舞《しま》い、プリウスを走らせはじめた。公衆電話ボックスはなかなか見つからない。池尻《いけじり》まで走ると、ようやくテレフォンボックスが目に留《と》まった。

三上はボックスの横に車を停めた。

ガードレールを跨ぎ、テレフォンボックスの中に入る。三上は『福音救済会』の教団本部に電話をかけた。少し待つと、若い女性が受話器を取った。

「『報国義勇隊』の柏隊長の代理の者だが、湯浅代表に急用があるんだ。電話、替わってもらえないかな」

三上は作り声で言った。

「いま会議中なんですよ。こちらからコールバックさせていただけないでしょうか」

「緊急に伝えたいことがあるんだ。もたもたしてると、警視庁公安部の強制捜査が入っちまうぞ」

「わ、わかりました。少々、お待ちになってください」

相手の声が熄《や》んだ。一分ほど待つと、男の声が三上の耳に届いた。

「お待たせしました。湯浅です。公安警察の手入れがあるとか？」

「その話は嘘だよ。おれはスキャンダル雑誌の発行人なんだ」

「ブラックジャーナリストみたいだな」

「黒磯組や極右団体と繋がってるから、何も怖くないってか。おれはヤー公や右翼なんか恐れてない」

「バックに神戸の最大組織が控えてるのか？」

「いや、おれのバックはこの国を動かしてる超大物だよ。名前を教えるわけにはいかないがな」

「………」

「ビビったみたいだが、そっちの出方次第では『福音救済会』をぶっ潰したりしないよ。

さて、本題に入るぞ。黒磯組の組長の娘を強引に入信させようとしたことで、暴力団と極右団体に甘い汁を吸われちまったな。教団が黒磯に一億八千万の詫び料、手打ちの労を執《と》ってくれた柏に一億二千万の謝礼を払ったこともわかってる」

「その情報源は？」

「シラを切っても無駄だと観念したようだな。情報源は教えられないが、教団が黒磯組の非合法ビジネスや震災便乗ビジネスの手伝いをさせられたことも知ってる。『福音救済会』も相応の分け前を貰ったはずだから、ま、仕方ないよな」

「………」

「しかし、黒磯組の銃器や手榴弾を預けられたときはまいったろうな」

「そんなことまで知ってるのか⁉」

「思わず呻いたな」

三上はせせら笑った。

「もしかしたら、おたくは黒磯組にいた元組員なんじゃないのか？」

「外れだ。『報国義勇隊』の元隊員でもないよ。別のことも知ってるぞ。布教活動には銭がかかるんだろうが、世界の善良な人々を救うなんて言ってる教団が在家信者たち四人に合成麻薬のＭＤＭＡ《エクスタシー》まで密造させてたんだから、呆《あき》れ果てたよ。竹中、梶、難波、宮脇の四人は引火で爆死しちまったがな。別の信者たちにどこかで合成麻薬を密造させてるんだろ？」

「そんなことはさせてない。おたくが言ったことは事実無根だっ」

「ま、いいさ。そっちのプライベートルームを覗かせてもらった」

「プライベートルーム？」

「とぼけんなって。そっちが『エルコート中目黒』の五〇五号室を個人的に借りてることはわかってるんだ。奥の部屋の壁に貼られた衣笠満のパネル写真の顔のとこにはダーツの矢が何本も突き刺さってた」

「へ、部屋に入ったのか⁉」

「ボロを出したな。そっちは『聖十字教』が解体させられた後《あと》も、師の教えを『福音救済会』の信者たちに熱心に説いてきた。しかし、いまも師に帰依してる振りをしてたんだな」

「そんなことはない！　いまも偉大な師をリスペクトしてる」

湯浅が興奮気味に言い返した。

「下手な芝居はよせって。そっちの本音はわかってるんだ。衣笠の指示通り動いてる自分に厭気《いやけ》がさして、七人の死刑囚と早く訣別したくなったんだよな。ロボット人間に成り下がった自分を嫌悪してたにちがいない」

「…………」

「他人《ひと》に支配されっ放しじゃ、惨《みじ》めだよな。人間は自尊心や誇りを棄《す》て切れるもんじゃない。そっちが反逆したくなるのは当然だろうな。衣笠はキリストの生まれ変わりだと称してたぺてん師だから、いつまでもイエスマンでいられないよな？」

「師は並の人間じゃない。超能力を備えた特別な存在なんだ。神そのものなんだぞ。無礼なことを言うなっ」

「慌てて衣笠を誉《ほ》め称《たた》えても、もう遅いよ。そっちは煙たい七人の死刑囚を早く始末して、『福音救済会』を好きなように動かしたくなったんだろうが。といって、殺し屋《プロ》に衣笠たち七人を片づけさせたら、自分が疑われてしまう。そこで、『Xの会』と称して七人の死刑囚を無条件で釈放しなかったら、棚橋法務大臣を処刑するとマスコミ各社に犯行予告のメールを送信したわけだ」

「その犯行予告メールのことは報道で知ってるが、わたしは『Xの会』とは無関係だ。要求内容だけで判断すれば、師の後継者と目《もく》されてるわたしが怪しいと疑われても仕方がないんだろう」

「そっちが『Xの会』という架空のテロリスト集団の名で犯行予告メールをマスコミに送りつけ、首相官邸と東京拘置所の死刑囚房にロケット弾を撃ち込ませたんだろうが！　それで、衣笠たち七人の死刑囚は死んだ」

「わたしは無実だっ」

「しぶといな。元信者の佐瀬良のことは憶《おぼ》えてるだろ？」

三上は訊いた。

「憶えてるが、あの男がどうしたと言うんだっ」

「おれがキャッチした情報によると、佐瀬は首相官邸の駐車場にミサイル弾を撃ち込んだ元傭兵と思われる男のそばで見張り役を務めてたようだ。佐瀬に偽警官に化けてたんだが、逃げる途中、警察関係者に不審がられたらしいんだよ」

「佐瀬が犯行グループに加わってたって⁉」

「そうだってさ。佐瀬はうまく逃げたんだが、その前に警察関係者に二つの爆破事件の首謀者は『福音救済会』の湯浅代表だと吐いて、警官の模造制服などポリスグッズはそっちが用意してくれたと言ったそうだぜ」

「佐瀬は嘘をついてる。あの男は脱会してから、わたしには一度も会ってない。それは確かだ」

「本当なのか？」

「もちろんだ。わたしの言葉が信じられないんだったら、教団の信者たち全員に確かめてみればいい。おたくが言った通りなら、佐瀬はわたしを陥れようとした人間の手先になったんだろう」

「そっちに濡衣を着せようとしてる人間に見当はついてるようだな」

「思い当たる者がいないわけではないが、状況証拠だけで他人《ひと》を犯罪者にはできない。わたしはキリスト者だからね」

「わかった。質問を変えよう。そっちは公安調査官の新井創に違法ビジネスで教団の運営費を捻出してることを知られたんじゃないのか？　それだけではなく、暴力団や右翼団体との癒着《ゆちゃく》ぶりも覚《さと》られてしまったんだろう。そのことをマスコミにリークされたら、教団を去る信者が続出しそうだな。教団の醜《みにく》い裏側は幹部と少数の在家信者しか知らないんだろうからさ」

「お、おたくはわたしが誰かに公安調査官の新井を撲殺させたと疑ってるのか⁉」

「新井だけじゃなく、信者の加納美寿々も片づけさせたのかもしれない。美寿々はそっちに目をかけられてたんで、だんだん増長して教団代表の方針に異論を唱えるようになってたようだからな」

「確かに彼女はわたしに反論することが多くなったが、信頼関係は保《たも》ってたんだ。公安調査官の内偵はうるさく感じてたが、それが彼らの仕事じゃないか。公安調査官や公安捜査官の監視が迷惑だからって、殺人に及んだりしないよ」

「どちらの殺人事件にも関与してないと言い切れるか?」

「もちろんだよ。それから、師を含めた七人の死刑囚の中にはかけがえのない……」

湯浅が言い澱《よど》んだ。

「同性の大事な男性《ひと》がいた。稲葉洋という名だったかな」

「そこまで知ってるのか。正直に言おう。師の衣笠満の唯我独尊の考えには従《つ》いていけなくなってたよ。だけど、強い愛情を感じてる彼を爆殺させるなんてことは百パーセントあり得ない」

「稲葉に心底、惚れてたんだな。殺人教唆《きょうさ》はなかったのかもしれないが、そっちはいろいろ法律を破ってる。それまで否定する気はないよな？」

「おたくの狙いは金なんだろう。いくら出せと言うんだ？　はっきり言ってくれないか」

「三千万で手を打ってもいいよ。すぐに金は用意できるかい？」

「少し時間をくれないか」

「いいだろう。口止め料は三千万にしといてやるが、一つだけ条件がある。おれが指定した場所に単独で来るんだ。黒磯か柏に救いを求めたら、教団に明日はないぞ」

「必ず自分ひとりで行くよ。もう一度、四時過ぎに電話をくれないか」

「そうするよ」

三上は受話器をフックに掛け、ボックスの扉を一気に押した。

4

車のエンジンが唸《うな》りはじめた。

三上はシフトレバーを握った。ギアをD《ドライブ》レンジに入れかけたとき、懐で私物の携帯電話が震えた。

三上は手早く携帯電話を摑み出した。ディスプレイには、岩佐の名が表示されている。

「先輩、今朝《けさ》早く警視庁の長谷公安部長が二人組に拉致されましたね」

「伏見刑事課長から電話で事件のことを教えられて、びっくりしたよ。公安調査官とカルト教団の美人信者が殺害されてるから、その二つの事件と拉致はリンクしてる気がするんだ」

「自分もそう直感したんで、刑事部の公安担当検事にそれとなく長谷清一部長のことを訊いてみたんですよ。公安部長は子供のころに仲のよかった母方の従弟《いとこ》が爆弾テロの巻き添えで死んだことで、過激派、極右団体、カルト教団を目の敵《かたき》にするようになったらしいんです」

「そのことは伏見さんから聞いたが、詳しいことまでは知らないんだ」

「そうですか。公安部長の従弟は大手石油会社の社員で爆弾テロが起こったとき、たまたま運悪く丸の内にある軍需産業の本社ビルを通りかかって命を落としてしまったらしいんですよ」

「ビル清掃員に化けて本社ビルの一階のトイレに時限爆破装置を仕掛けたのは、『日本革命戦線』のメンバーだったと記憶してるが……」

「ええ、そうです。十一人の男女が亡くなり、二十数人の負傷者が出たはずですよ」

「そうだったな」

「公安部長の従弟は数カ月後に第一子が誕生するのをすごく楽しみにしてたらしいんですよ。そんなことで、長谷部長は反社会的な組織を以前より強く憎むようになったらしいんです。公安捜査官としては優秀なんでしょうが、異分子狩りにはだいぶ汚い手を使ってたようですね」

「公安部各課の連中は、おれ以上の反則技を使ってるよ。そうでもしないと、点数稼げないからな。偉くなる奴らは、たいてい公安部か警備部の出身なんだ」

三上は言った。

「知ってます。でも、長谷部長は出世よりも反社会分子退治をつづけたいようですよ。自ら希望して長く公安部に留《とど》まりつづけてきたらしいんです」

「従弟が理不尽な死に方をしたんで、長谷公安部長は〝鬼〟になったんだろう」

「ええ、そうなんだと思いますよ。ただ、S《エス》づくりがアンフェアみたいなんです。通常、公安刑事は捜査対象団体にシンパシーを感じてる振りをしてメンバーに接近し、時間をかけてスパイに仕立ててますよね？」

「そうだな」

「しかし、長谷部長は目をつけた相手を万引き犯や痴漢に仕立てて、抱き込んでるらしいんです。過激派の女活動家をチンピラたちに輪姦《りんかん》させて恥ずかしい姿をビデオ撮影させ、スパイになれと強要したそうです」

「荒っぽい暴力団係《マルボウ》だって、そこまではやらないな」

「そうですよね。長谷公安部長は、公安調査官たちを単なる駒と思ってるみたいで、情報の提供が遅いと〝税金泥棒〟と平気で罵《ののし》るって話でした」

「公安調査官には捜査権がないんで、一段低く見てるんだろう。公安部の奴らは、たいがい思い上がってるからな。公安調査庁の職員たちは、長谷清一を嫌ってたにちがいない」

「と思います。長谷部長は公安調査庁の情報提供によって過激派セクトや巨大カルト教団を壊滅させても、自分ひとりの手柄にしてしまうらしいんですよ。『聖十字教』の数々の凶行の証拠の多くは、現在、関東公安調査局の局長をやってる若菜憲之さんが得たそうです。それなのに、長谷部長はすべて自分の手柄にしてしまったというんです」

「狡《ずる》い男だな」

「ええ。それでも、捜査本部事件の被害者の新井創は特に長谷部長を嫌ってなかったようです」

「それどころか、新井は上司が出し渋ってる内偵情報をこっそり警視庁の公安部長にリークしてたんだと思うよ。人目につきにくい店で二人が会ってたという話だからな」

「なぜ新井は上司を裏切るようなことをしたんですかね。長谷部長に私生活の弱みを知られたんでしょうか。それとも、加納美寿々を法に触れる方法でSにしたのかな」

「美寿々は新井に抱き込まれた振りをして、公安調査庁の情報を引き出す気だったんだと思うよ。新井は公安調査庁をいずれ辞めて、大手の調査会社か警備保障会社に入る気でいたんじゃないだろうか」

「そうだったんですかね。公安調査官には捜査権がないから、どうせ手柄は公安警察に横奪《ど》りされちゃうんで、虚《むな》しくなったのかな」

岩佐が言った。

「それもあるだろうが、公安調査庁は職員数を減らしてる。過激派の連中が暴れてたころは職員がおよそ二千七百人いたんだが、いま千六百人ぐらいに減ってるはずだよ。年間予算は減らされつづけてるし、公安調査庁は不要だという国会議員も多くなった」

「新井創は自分がリストラの対象にされるかもしれないと考え、長谷公安部長に恩を売っとく気になったんでしょうか。公安部長の紹介なら、大手調査会社に転職できそうですからね」

「そういう下心はあったんだろうな」

「ええ、多分ね。それはそうと、長谷清一を拉致したのは過激派セクトのメンバーなんでしょうか。公安担当検事の話によると、警視庁公安部は『青狼同盟《せいろう》』の幹部だった光原貴久《みつはらたかひさ》、現在、四十六歳をかつてSにしてたらしいんですよ。でも、利用価値がなくなったんで……」

「公安部長は、その男を検挙しようとしたんじゃないのか？」

「そうらしいんですよ。光原は捕まる前に逃げたそうです。光原は公安刑事とセクトの仲間たちの両方に追われて六年前に地下に潜《もぐ》って、いまも行方がわからないという話でした」

「その男が自分を裏切った公安部長に仕返しをする気になったんだろうか」

「先輩、そうなんじゃないんですか」

「おれは違うと思うな。新井と美寿々が殺害された後、長谷公安部長が拉致されたんだ」

「ええ、そうですね。『福音救済会』の湯浅代表が美人信者をダブルスパイにしてたことを公安警察に知られてしまったんで、公安部長に何か裏取引を持ちかける気なのかもしれませんね」

「考えられないことじゃないよ。実は、少し前にブラックジャーナリストに化けて電話で揺さぶりをかけてみたんだ」

　三上は詳しいことを話し、通話を切り上げた。

　プリウスを走らせ、渋谷に向かう。三上は公園通りに面したシティホテルの地下駐車場に潜り、グリルで食事を摂《と》った。

　三上はティールームで時間を潰《つぶ》し、三時半ごろにプリウスに乗り込んだ。ホテルを出て間もなく、伏見刑事課長から電話がかかってきた。

　三上は車を路肩に寄せてから、携帯電話を耳に当てた。

「お待たせしました。長谷公安部長を拉致した奴らを逮捕《パク》って被害者を保護したんですね？」

「公安部長は絞殺されてしまった」

「えっ」

「新宿中央公園の植え込みの奥に絞殺体が転がってたらしい。長谷部長の首には縄跳《なわと》びのロープが二重に巻きついてたそうだ」

「発見されたのはいつなんです？」

「二十数分前らしい。検視はまだ終わってないようだが、拉致された直後に被害者は園内に連れ込まれ、すぐに首を絞められたみたいだな。遺体のそばには、二人組のものと思われる靴痕があったそうだよ。下草は踏みしだかれてたようだが、煙草の吸殻なんかは落ちてなかったらしい」

「発見者は誰だったんです？　ホームレスだったのかな」

「新宿署の地域課員たち二人だよ。犯人と名乗った男から新宿中央公園内に絞殺した本庁の公安部長を遺棄《いき》してきたという通報が通信指令センターにあったというんだ」

「で、所轄署の制服警官たちが現場に急行したわけですか」

「そうなんだ。犯人と称した男は被害者にさんざん利用されて、仲間たちと公安刑事に追われる羽目になったと言ってたらしい。だから、被害者に報復したと動機を語ってたというんだ。何か思い当たることがあるかな？」

伏見が問いかけてきた。三上は、『青狼同盟』の光原貴久のことを喋った。

「そのSだった男が長谷公安部長に復讐したんじゃないんだろうか。三上君、どう思う？」

「加害者がそこまで喋るのは、不自然な気がしますね。愉快犯ではないわけですから、わざわざ犯行動機を不用意には口にしないでしょ？」

「そうだろうな。ミスリードを狙ったんだろうか」

「そう受け取れますね」

「しかし、光原という奴が潜伏生活に疲れ果てて、長谷公安部長に報復を果たしたら、もう捕まってもかまわないと肚を括ったとも考えられなくもないな」

「そうだったんでしょうか」

「一応、光原貴久のことをわたしが探《さぐ》ってみよう。ところで、湯浅にはもう鎌をかけたのかな？」

「いけない！　その報告をしてなかったんですね。申し訳ありません」

「気にすることはないよ。きみは単独で支援捜査にいそしんでるんだ。こなさなければならないことがたくさんあるはずだから、うっかり報告を忘れるときだってあるさ。忘れたんではなくて、報告済みの事柄だと思い込んでしまったんだろうな」

伏見は少しも咎《とが》めなかった。三上は迂闊《うかつ》な自分を恥じながら、湯浅との遣《や》り取《と》りを伏見刑事課長に伝えた。

「二つの殺人事件には関与してないと言い張ったわけか。でも、三千万の口止め料は払ってもいいと脅迫に屈したんだ？」

「そういうことになりますね」

「黒磯組や『報国義勇隊』との繋がりや在家信者たちに合成麻薬のMDMA《エクスタシー》を密造させてたことを暴かれそうだからって、すんなり三千万円を払う気になるだろうか。湯浅代表は新井創と加納美寿々の事件に絡んでるんで、多額の口止め料を払う気になったのかもしれないぞ」

「二つの殺人事件に関わってなくても、合成麻薬の密造や黒磯組の銃器類を預かった事実を世間に知られたら、ほぼ致命的でしょ？」

「そうなんだが、そういう弱みの口止め料として三千万円はちょっと高い気がするんだよ」

「教団は信者たちから金を吸い上げた上に、さまざまな非合法ビジネスで儲けてるんです。三千万円は、それほど大きな負担じゃない気がします」

「そうなんだろうかね。暴力団や極右団体と持ちつ持たれつの関係をつづけてる湯浅は、こっちが想像してるよりも強《したた》かなのかもしれないぞ。三千万を払う素振りを見せて、隠し持ってるサイレンサー・ピストルで三上君を撃つ気でいるんじゃないのか。罠の気配を感じ取ったら、ひとまず退散したほうがよさそうだな」

「大丈夫ですよ。こっちも拳銃を携行してますんで、身に危険が迫ったときは発砲します」

「ああ、迷わずに撃ってくれ。もう一度、湯浅に連絡して、落ち合う場所と時間を決めることになってるんだね？」

「そうです」

「用心を怠《おこた》らないでほしいな。わたしは、光原貴久に関する情報を少し集めてみるよ」

伏見が先に電話を切った。その数秒後、私物のモバイルフォンに沙也加から電話がかかってきた。

「警視庁の公安部長が二人組に拉致されて絞殺されたけど、捜査本部事件とは別にリンクしてないんでしょ？」

「もしかしたら、何か関連があるのかもしれないな」

三上はそう前置きして、まだ恋人に教えていない捜査情報をかいつまんで伝えた。

「二つの殺人事件と公安部長の死は切り離してもいい気がするわ」

「そう思った理由は？」

「長谷という公安部長は、Sとして使ってた光原貴久を騙すようなことをしたんで復讐されたんじゃないのかしら。フェイスキャップで顔を隠してた二人は、公安部長を拉致しただけだと思うわ。絞殺したのは光原自身でしょうね。長谷に裏切られたんで、光原はセクトの同士と公安刑事の両方に追われて、びくびくしながら……」

「潜伏生活の不自由さと闘ってたんだろうな。ひょっとしたら、光原は逃げ延びるために整形手術で顔を変えて、他人になりすまして生きてきたのかもしれないな」

「ええ、考えられると思うわ。そういう辛い思いをさせられたんだったら、自分の手で恨んでる相手を殺してやりたいと考えそうね」

「そうだと思うが、犯人と名乗った男が捜査の目を逸らす目的で意図的に犯行動機まで口にしたように思えて仕方がないんだ」

「謙さんの勘はよく的中するから、そうなのかもしれないわね。それはそうと、報道部で気になる話を耳にしたのよ」

沙也加が声に緊迫感をにじませた。

「どんな話を聞いたんだい？」

「『希望の灯』の奥寺代表がね、『福音救済会』の幹部信者を数人ずつ都内の老舗《しにせ》料亭に招いて接待してるらしいの。築地《つきじ》の『喜代川《きよかわ》』と紀尾井町《きおいちょう》の『入船《いりふね》』を交互に使ってるんだって。奥寺健人は信者たちに信頼されてる幹部たちをごっそり引き抜いて……」

「『福音救済会』の信者たちをことごとく自分の教団に移らせて、湯浅のとこを弱体化させようと企《たくら》んでるようだな」

「でも、『福音救済会』の代表は爆死した衣笠満の後継者として信者たちを引っ張ってきたのよね。師の行動の一部を公然と批判してた奥寺の教団に移る信者は少ないんじゃないかな？」

「実は、湯浅は衣笠のロボットでいることに耐えられなくなってたんだよ。中目黒の個人的に借りてるマンションの壁に貼ってあった衣笠満のパネル写真の顔の部分には、ダーツの矢が七本も突き刺さってたんだ」

三上は細かいことを教えた。

「湯浅代表がそんなことをしてたんなら、信者たちにも師の過《あやま》ちを少しずつ喋ってた可能性はありそうね。そうなら、『希望の灯』に移る信者も出てくるかもしれないな」

「奥寺は自分の教団の信者数を数十位に増やして、いずれ『福音救済会』をぶっ潰してやろうと考えてるんじゃないのかね」

「奥寺の引き抜き話に乗らなかった湯浅の愛弟子も当然、いるはずよ。その人たちが湯浅代表に告げ口したら、黙ってはいないでしょうね」

「二つの教団は信者の引き抜き合戦になるだろうが、根っこは同じなんだ。両代表が話し合って教団を一つにして、代表には奥寺がなり、湯浅は参謀になる可能性もあると思うよ」

「待って、謙さん！　どちらも教主だったのよ。船頭さんが二人いたら、うまくいきっこないわ」

「教団合併の話がまとまらなかった場合は、双方が死にもの狂いで潰し合いをおっ始めるだろうな」

「そうでしょうね。ね、『希望の灯』の奥寺はライバルの湯浅の致命的な弱みを握ってるんで、『福音救済会』の幹部たちを数人ずつ引き抜きはじめたんじゃない？」

「なるほど、それは考えられるな。湯浅は在家信者四人に合成麻薬を密造させて、黒磯組の銃器類を預かってる。しかし、二つの殺人事件には関与してないと強く否認した。それは事実だろう」

「合成麻薬を密造させたり、暴力団の銃器類を預かるだけで大罪だわ。『希望の灯』の奥寺はそのことを切り札にして、ライバル教団の幹部たちを引き抜きはじめたのよ。ええ、そうなんだと思う。謙さん、奥寺が湯浅を陥れる目的で、新井創と加納美寿々を亡き者にして『福音救済会』の犯行に見せかけたとは考えられないかしら？」

「そういう推測もできなくはないだろうが、奥寺ひとりじゃ無理だろうな」

「奥寺を背後で操ってたのは、殺された警視庁の長谷公安部長かもしれないね」

「黒幕が長谷清一とは考えられないよ。公安部長は、怪しげなカルト教団はすべて壊滅させたがってたはずだからな」

「そうか、そうよね」

沙也加が口を閉じた。

三上は謝意を表し、通話を切り上げた。沙也加の情報の裏付けを取らなければならない。

三上は車を紀尾井町に走らせた。目的地に着いたのは三十数分後だった。

三上は『入船』の七十年配の女将《おかみ》に刑事であることを明かして、捜査に協力を求めた。女将は少しためらってから、奥寺が『福音救済会』の幹部たちを数人ずつもてなし、帰りに分厚い車代の袋を手渡していたと証言した。これで、沙也加の情報が正しかったことが明らかになった。

三上は辞去し、車で公衆電話ボックスを探しはじめた。


見通しは利く。

近くに建物も樹木も見当たらない。三上は、大井埠頭《おおいふとう》の端に立っていた。城南島《じょうなんじま》寄りだった。はるか遠くに東京国際コンテナターミナルが見える。

午後六時を過ぎているが、まだ昏《く》れなずんではいない。すぐ後ろは東京港だ。

約束の時間は六時半だった。湯浅は自《みず》らレクサスを運転し、口止め料を持ってくると電話で言っていた。

だが、三上は相手の言葉を鵜《う》呑《の》みにはしなかった。かなり早めに指定した場所に来て、あたり一帯を検《しら》べた。気になる人影は目に留《と》まらなかった。

三上は海を背にして立ち、埠頭に通じる車道に視線を注いだ。まだ六時十八分だ。煙草を喫《す》いたくなったとき、懐で捜査用の携帯電話が着信音を発した。すぐに三上は携帯電話を取り出した。

電話をかけてきたのは伏見だった。

「潜伏中の光原貴久の居所がわかったよ。群馬県の高崎《たかさき》市内の病院に入院してる。光原は全国の土木現場で偽名を使って働いてたんだが、四カ月前にクレーンのアームで薙《な》ぎ倒されて脳挫傷を負い、いまも意識が戻ってないんだ」

「そうだったんですか」

「光原が長谷公安部長の事件の主犯かもしれないと疑ったんだがね、わたしの推測は外れたな。光原は飯場《はんば》を転々としてただけで、一度も上京してないそうだ。誰かと連絡をとってた様子もなかったらしいよ」

「そうですか」

「これは未確認情報なんだが、長谷公安部長が加納美寿々らしい人物と六本木の高級ラブホテルから出てきたという目撃証言もあるらしいんだ。関東公安調査局の若菜局長に電話をしてみたんだよ。若菜さんは部下の新井創が撲殺されたんで、個人的に事件のことを調べてたらしいんだ」

「そうなんですか」

三上はあえて何も言わなかったが、若菜はそのことをなぜ黙っていたのか。殺害された新井が美寿々に公安調査庁の内部情報を流していたことを知らないはずはない。部下の裏切りを腹立たしく思っていただろう。

それなのに、どうして犯人捜しを個人でする気になったのか。その点が解《げ》せない。

警視庁の公安部長は公安調査庁の職員たちを見下《みくだ》していたようだ。そんな相手に公安調査庁の内偵情報を勝手に流していた疑いのあった新井創の弔《とむら》い捜査めいたことをする気持ちになるだろうか。疑念が膨らむ。

公安警察と公安調査庁の間には確執があったにちがいない。若菜局長は長谷公安部長に何か悪感情を懐《いだ》いていたのではないか。長谷のほうも同質の負《ふ》の感情があって、若菜の私生活を密かに洗っていたのかもしれない。そして、若菜の秘密を押さえたのではないだろうか。

そうだったとしたら、若菜局長は新井、美寿々、長谷の三人の事件に関与している疑いも出てくる。三上は頭が混乱しそうになった。だが、まるで考えられないことではなさそうだ。

若菜は、部下の新井が美寿々に巧《たく》みに取り込まれたことを苦々しく思っていたにちがいない。警視庁の公安部長の傲慢《ごうまん》さにも腹を立てていたと思われる。ダブルスパイだった美寿々に対しても憎々しさを感じていただろう。

しかし、それだけの理由で三人を亡き者にするとは思えない。若菜は、死んだ三人に致命的な弱みを知られてしまったのだろうか。そうだったとしたら、殺人の犯行動機はある。

公安調査庁の職員でありつづけても、将来に明るい展望は拓《ひら》けないだろう。若菜は開き直って、不正な手段で大いなる野望を叶えようと暗躍していたのではないか。

「急に黙り込んでしまったが、どうした?」

伏見が心配そうに問いかけてきた。

「すみません! ちょっと考えごとをしてたもんですから」

「湯浅とは、何時にどこで会うことになったのかな?」

「六時半に大井埠頭で……」

「そうか。『福音救済会』の代表は指定した場所に現われるだろうか。自分の代わりに刺《し》客《かく》を送り込む気でいるのかもしれないぞ。三上君、周辺のチェックをしてみたのかな?」

「抜かりはありませんよ。怪しい人影は見当たりませんでした」

「そう。何か異変があったら、すぐ連絡してくれないか」

「わかりました。間もなく湯浅はやってくるでしょう」

三上は先に電話を切った。

携帯電話を上着の内ポケットに突っ込んだとき、左手前方から見覚えのあるレクサスが近づいてきた。三上は目を凝《こ》らした。

運転席に湯浅渉が坐っているだけで、同乗者はいない。トランクルームに誰かが隠れているとも考えられる。三上は気を引き締めた。

レクサスが停まった。
十五、六メートル先だった。運転席から出た湯浅は、ビニールの手提《さ》げ袋を持っていた。重たげだ。中身は札束だろう。むろん、口止め料を受け取る気などない。
湯浅を誘《おび》き出したのは、一連の事件の手がかりを得るためだった。相手は犯罪行為を重ねている。詰問すれば、知っていることは喋るだろう。そう予想したわけだ。

「三千万を持ってきた」

湯浅がゆっくりと近づいてくる。

数メートル進んだとき、夕闇の中から何かが飛来《ひらい》してきた。小型無人飛行機のドローンだった。蜂の羽音に似た唸りをたてている。

複数のプロペラで飛行する小型無人機は偵察、空爆など軍事目的で開発された。しかし、いまや宅配、点検作業など民間利用も珍しくなくなった。飛行音が蜂の羽音に似ていることから、蜜蜂の雄《ドローン》と呼ばれていた。

GPS機能で遠隔操作できるものやプログラミングで自動飛行するものなど機種はさまざまだ。カメラ付きの商品は手軽に空撮《くうさつ》できることで、個人で利用する者が多くなった。

値段は一万円台から一千数百万円と開きがあるが、国内では二千機あまりが普及している。大きさは掌《てのひら》サイズから直径四十センチ程度まで製造され、飛行距離は百メートルから二千メートルだ。

プロペラが多いことが特徴で、空中停止《ホバリング》もできる。操縦者はコントローラーのレバーを前後左右に動かして、ドローンを操《あやつ》る。ラジコン・ヘリコプターのように手動式の製品は低価格で購入できる。

高さ二百五十メートル未満なら、飛行制限はない。値の張る小型無人飛行機は一キロ、二キロ離れた場所にいても操縦できる。

蜂のように唸っていたドローンが斜めになって、湯浅に迫《せま》った。よく見ると、プロペラの一つに西洋剃刀が接合されていた。刃《やいば》の部分だけだ。柄は外されている。

湯浅が呻《うめ》いて、前のめりに倒れた。手から手提げ袋が落ち、帯封の掛かった札束が零《こぼ》れた。

ドローンが急上昇し、岸壁の手前で右に旋回して飛び去った。わずか数十秒の出来事だった。

「おい、大丈夫か？」

三上は、湯浅に駆け寄った。頸動脈を切断されたようで、鮮血に塗《まみ》れている。湯浅は微動だにしない。

三上は湯浅の右手首を取った。脈動は伝わってこなかった。すでに息絶えていた。

ドローンを飛ばした者が付近にいるはずだ。三上はプリウスに走り寄って、慌《あわ》ただしく乗り込んだ。

ハンドラーが一キロか二キロ離れた所にいたら、見つけ出すことは難しいだろう。だが、数百メートル以内にいるとも考えられる。

三上は車を走らせはじめた。商船三井の倉庫ビルの脇を抜けて、みなとが丘ふ頭公園に面した通りに出る。

公園の出入口付近に茶色いボルボが駐《と》めてあった。この時刻に公園を訪れる者は多くないだろう。ドローンを遠隔操作した殺人者は園内にいるのではないか。刑事の勘だった。

三上はボルボの十メートルほど後方にプリウスを停め、静かに降りた。

園内に足を踏み入れ、爪先《つまさき》に重心をかけて遊歩道を進む。少し行くと、前方から小型無人飛行機とコントローラーを抱えた男が急ぎ足で歩いてきた。

黒いキャップを目深《まぶか》に被っているが、見知った顔だった。『希望の灯』の奥寺代表に間違いない。

三上は奥寺の行く手を阻《はば》んだ。

「ドローンのプロペラに西洋剃刀の刃の部分を接合させて、湯浅渉の頸動脈を切断したのはそっちだな？」

「いったいなんの話をしてるんだっ」

「そっちは『福音救済会』の信者たちをごっそり引き抜いて、ライバル教団をぶっ潰す気なんじゃないのか？」

「人違いされたみたいだな。さっぱり話が通じないよ。どいてくれ！」

奥寺が声を荒らげた。

「自分の手で新井創や加納美寿々、それから警視庁の長谷公安部長を殺《や》ったんじゃないだろうな。実行犯は、主犯の若菜憲之が探してくれたのか。それとも、『希望の灯』の信者たちに手を汚させたのかっ」

「若菜って誰なんだ？」

「公安調査庁関東公安調査局の若菜局長のことだ。そっちと若菜が人目のつかない場所や店で会って密談してた証拠画像を押さえてある。もう観念しろって」

三上は揺さぶりをかけた。奥寺が小型無人飛行機とコントローラーを横に放り投げ、ベルトの下からコマンドナイフを引き抜いた。

三上はステップインして、右のロングフックを奥寺の顔面に叩き込んだ。もろにヒットした。

奥寺は横に吹っ飛び、遊歩道に転がった。コマンドナイフは握ったままだった。すかさず三上は踏み込んで、奥寺の右手首を踏みつけた。

アンクルブーツの踵《かかと》を左右に抉《こじ》ると、刃物が指から離れた。三上はコマンドナイフを遠くに蹴って、警察手帳を呈示した。

「実行犯の名を吐いてもらおうか」

「わたしが手にかけたのは、湯浅ひとりだよ。ほかの三人は若菜さん自身が……」

「そうだったのか」

「若菜さんの部下だった新井は、わたしたち二人が『福音救済会』を弱体化させて『希望の灯』を巨大なカルト教団にする計画に気づいたんだ」

「新井創は、その陰謀を加納美寿々と長谷清一に告げ口したんだな？」

「そうだよ。若菜さんは新井が上司に無断で公安警察に公安調査庁が集めた情報を流してたことで怒ってたし、美寿々には脅迫されてたんだ」

「美人信者に脅されてたって⁉」

「そう、そうなんだ。加納美寿々は、若菜さんとわたしの謀《はかりごと》を暴れたくなかったら、『福音救済会』に三億円の寄附をしろと言ってきた。エンジェルと呼ばれてた美寿々は悪女だね。新井を色仕掛けで骨抜きにしただけではなく、長谷清一のセックスペットを務《つと》めて教団への強制捜査をストップさせてたんだから。それだけ美寿々は湯浅のために役立ちたかったんだろうな。しかし、湯浅は同性しか愛せない男だった。美寿々は哀《あわ》れじゃないか」

「若菜は長谷公安部長にさんざん屈辱感を味わわされたんで、縄跳びのロープで憎んでいた男を絞殺したわけか」

「そうだよ。長谷を拉致した二人組は、元過激派の闘士だったらしい。公安警察は天敵と思ってたみたいで、安い謝礼で手を貸してくれたそうだよ」

「若菜に鶴岡一仁のことを教えてやったのは、そっちなんだなっ」

「ああ。鶴岡の仕業《しわざ》に見せかけて美寿々を片づけたらって、わたしが知恵を提供したんだよ。ところで、わたしと若菜さんを見逃してくれたら、おたくに一億円やる。悪い話じゃないと思うんだが、どうかな？」

奥寺が肘《ひじ》を使って上体を起こした。

「考えてみよう」

「もう少し色をつけろってことだな」

「なめるんじゃない！」

三上は前に跳《と》んで、奥寺の顎《あご》を蹴り上げた。

奥寺が後ろに引っくり返った。不様《ぶざま》な恰好《かっこう》だった。三上は冷笑した。

そのとき、背後で足音が響いた。振り向く前に、三上は喉に圧迫感を覚えた。ロープを回されていた。ぐいぐいと絞められ、呼吸ができなくなった。意識が霞《かす》みそうだ。

三上はロープの下に二本の指を潜《くぐ》らせ、横に動いた。右の肘打ちを放つ。後ろの暴漢が呻いた。ロープが緩んだ。

三上はロープを強く引き、靴の踵で背後にいる襲撃者の左の向こう臑《ずね》を蹴った。骨が音をたてた。三上はロープを首から外し、体ごと振り向いた。縄跳びのグリップを片方だけ握った若菜憲之が仰向けに倒れていた。

三上はショルダーホルスターからシグ・ザウエルＰ230を引き抜き、手早くスライドを引いた。

「なんか暴発しそうだな」

三上は言って、若菜の顔の近くに銃弾を撃ち込んだ。土塊《つちくれ》が舞い、若菜が四肢を縮めた。

三上は拳銃を左手に移し、捜査用携帯電話を懐から摑み出した。

事件は解決したわけだが、晴れやかな気分ではなかった。事件関係者の多くが邪悪で、救いがなかったせいだろう。

三上は短縮番号を押し、携帯電話を耳に当てた。

著者注・この作品はフィクションであり、登場する人物および団体名は、実在するものといっさい関係ありません。

死角捜査

一〇〇字書評

切り取り線

購買動機（新聞、雑誌名を記入するか、あるいは○をつけてください）

□（　　　　）の広告を見て	
□（　　　　）の書評を見て	
□ 知人のすすめで	□ タイトルに惹かれて
□ カバーが良かったから	□ 内容が面白そうだから
□ 好きな作家だから	□ 好きな分野の本だから

・最近、最も感銘を受けた作品名をお書き下さい

・あなたのお好きな作家名をお書き下さい

・その他、ご要望がありましたらお書き下さい

住所	〒				
氏名		職業		年齢	
Eメール	※携帯には配信できません		新刊情報等のメール配信を 希望する・しない		

この本の感想を、編集部までお寄せいただけたらありがたく存じます。今後の企画の参考にさせていただきます。Eメールでも結構です。

いただいた「一〇〇字書評」は、新聞・雑誌等に紹介させていただくことがあります。その場合はお礼として特製図書カードを差し上げます。

前ページの原稿用紙に書評をお書きの上、切り取り、左記までお送り下さい。宛先の住所は不要です。

なお、ご記入いただいたお名前、ご住所等は、書評紹介の事前了解、謝礼のお届けのためだけに利用し、そのほかの目的のために利用することはありません。

〒一〇一―八七〇一
祥伝社文庫編集長　坂口芳和
電話　〇三（三二六五）二〇八〇

祥伝社ホームページの「ブックレビュー」からも、書き込めます。

http://www.shodensha.co.jp/bookreview/